AF424732

Schwarzes Gold
Ein Western-Roman

Richard G. Hole

Far West

ZUSAMMENFASSUNG

Öl war ein ebenso phantastischer Reichtum wie Gold, und nicht umsonst wurde es unter dem symbolischen und etwas unheilvollen Namen „schwarzes Gold" bekannt.

Öl war einfacher zu entdecken und auszubeuten als reines Gold. Es genügte, sein Glück zu versuchen und den Mund zu öffnen, wo das Naphtha mit überwältigender Kraft hervorquoll, um die erstaunliche Mine zu besitzen, die Tausende und Abertausende von Tonnen und mit ihnen Tausende und Abertausende von Dollar produzieren sollte, weil sie kaum aus dem Eingeweide der Erde die faule Flüssigkeit, es war nicht nötig, Tag für Tag weiterzugraben, um den Schatz zu extrahieren. Es genügte, die Sammlung der wertvollen Flüssigkeit zu organisieren und ihre kontinuierliche Leistungsfähigkeit zu nutzen.

Aus diesem Grund staunten, sobald sich die Nachricht vom ersten Ölfund verbreitete, Hunderte von Männern, die nach schnellen Reichtümern suchten, über die Entdeckung und stürzten sich mit mehr oder weniger Glück, um Löcher zu bohren, weil der Untergrund vor Öl platzte und er wollte es aus seinem Bauch vertreiben.

Schwarzes Gold ist eine Geschichte aus der Far-West-Sammlung, einer Sammlung von Romanen, die im amerikanischen Wilden Westen entwickelt wurden.

SCHWARZES GOLD

KAPITEL I

KREUZZUG GEGEN SCHWARZGOLD

Die gesamte riesige Lücke, die sich zum Südosten von Oklahoma mit den Flüssen Muddy Boggy auf der linken und den Flüssen Kiamichi auf der rechten Seite öffnete, war eine saftig grüne Weide für Rinder. Die vereinten Anstrengungen der verschiedenen Helden der territorialen Verteilung des neuen und letzten Staates Nordamerikas hatten dieses rötliche und rebellische Land nach immenser Arbeit zunächst zu Weideland in ein Reich für Vieh umgewandelt, und es gab mehrere Ranches, die Sie hatten in der Region die Viehzucht in einem Staat gezüchtet, der relativ neu war, als er fortfuhr, ihn zu besiedeln, und angesichts der Zunahme der Bevölkerung, die er erworben hatte, die Hilfe von Vieh benötigte, um sich um die Erhaltung von so vielen Hunderten zu kümmern, und Hunderte von Abenteurern, wie sie sich im neugeborenen Oklahoma niedergelassen hatten.

Alles deutete zunächst darauf hin, dass dieses geeignete Stück amerikanisches Land in die Fußstapfen des benachbarten Texas treten würde.

Das einmal angelegte Land war für Viehzucht sehr geeignet, und die Siedler wie auch die Viehzüchter waren nach den anfänglichen Wechselfällen ihrer Anfangszeit als Pioniere dieser Länder mit der Leistung ihres Eigentums zufrieden, da sie nichts gefunden hatten einen Anfall, als sie ihre Grundstücke in Besitz nahmen, und sie hatten alles mit der Hand unter enormen Anstrengungen und sogar heroischen Opfern heben müssen.

Und denken Sie nicht, dass es eine leichte und risikolose Aufgabe war, die wilden Länder des neuen Staates zu konvertieren. Zu dem Kampf mit dem feindlichen Land war es notwendig, den anderen dramatischeren mit den Unglücklichen hinzuzufügen, die zu spät zur Besetzung kamen und keinen Platz fanden, um sich niederzulassen, und dann mit den verschiedenen und gefährlichen Banden von Abenteurern und Lebern, die unter Unter dem Deckmantel der Orientierungslosigkeit und des Mangels an Kommunikation und Autorität versuchten sie, Opfer ihrer Plünderung und Beraubung der neuen Besitzer zu werden. Es bedurfte vieler Kämpfe, viel Blut und vieler Opfer, um diese Gefahr zu verringern, ein Autoritätsprinzip zu etablieren und Kommunikationskanäle zu schaffen, die mit den Grenzstaaten verbunden waren.

Aber alles war mit mehr oder weniger Mühe überwunden worden, und es war eine Zeit gekommen, in der das Abnormale weder mehr noch weniger abnormal war als an anderen Orten des Kontinents.

Aber als diese Schwierigkeiten überwunden waren, als die dort ansässigen Menschen glaubten, der Augenblick sei gekommen, um die Ruhe zu genießen, auf die sie ein wohlverdientes Recht hätten, und als es schien, als ob ihnen keine andere kollektive und explosive Aufregung drohte, machte sich die launische Natur auf den Weg schreckliches Pulverfass, dass, obwohl es für viele und für die Nation sogar ein neues Handelszentrum des Reichtums sein könnte, für viele der dort ansässigen Menschen eine schreckliche Bedrohung und ein neuer und blutiger Krieg werden würde, der so lange dauern würde wie einer die beiden streitenden Seiten fielen besiegt.

So wie Kalifornien an dem Tag, an dem Sutters Zimmermann Gold in seiner Mühle entdeckte, zu einer schrecklichen Hölle wurde, als eines Tages jemand, der die Erde grub, die erste Ölquelle in diesen Breiten förderte, die vollständigste Die Revolution bedrohte Oklahoma von seiner südlichen Teilung mit Texas , zu dem des Nordens, mit Kansas. Öl war ein ebenso phantastischer Reichtum wie Gold, und nicht umsonst wurde es unter dem symbolischen und etwas unheilvollen Namen „schwarzes Gold" bekannt.

Öl war einfacher zu entdecken und auszubeuten als reines Gold. Es genügte, sein Glück zu versuchen und den Mund zu öffnen, wo das Naphtha mit überwältigender Kraft hervorquoll, um die erstaunliche Mine zu besitzen, die Tausende und Abertausende von Tonnen und mit ihnen Tausende und Abertausende von Dollar produzieren sollte, weil sie kaum aus dem Eingeweide der Erde die faule Flüssigkeit, es war nicht nötig, Tag für Tag weiterzugraben, um den Schatz zu extrahieren. Es genügte, die Sammlung der wertvollen Flüssigkeit zu organisieren und ihre kontinuierliche Leistungsfähigkeit zu nutzen.

Aus diesem Grund staunten Hunderte von Männern, die nach schnellen Reichtümern strebten, sobald die Nachricht vom ersten Ölfund verbreitet wurde, über die Entdeckung und machten sich daran, mit mehr oder weniger Glück, wenn auch in vielen Fällen mit Glück, Löcher zu öffnen, weil die because Untergrund strotzte es vor Öl und wollte es unbedingt aus dem Darm treiben.

Sofort fielen die Klügsten, die Klügsten, die immer auf der Jagd nach Schnäppchen waren, wie Legionen gefräßiger Termiten auf die der Ausbeutung förderlichsten Orte und begannen den Kampf, die Schlägerei, das mehr oder weniger ehrliche Angebot. oder räuberisch für die Ausbeutung dieses Reichtums, der, obwohl er natürlich und spontan war, von selbst floss, andererseits aber eine ziemlich komplizierte Organisation brauchte, um das Produkt richtig zu nutzen.

Das Produkt brauchte natürliche Ablagerungen, um es einzusperren, spezielle Behälter. Angemessene Transportmittel und dann Raffinationsfabriken, um es zu reinigen und Märkte, wo es platziert werden soll.

Und das war zu viel für die armen Siedler, die über Nacht mit einem oder zwei oder mehreren auslaufenden Ölquellen konfrontiert waren, die ohne Ausbeutung verloren gingen, da diese Inbetriebnahme nicht nur Kapital erforderte, sondern auch die gesamte komplizierte Mechanik seiner Sammlung, Transport, Veredelung und Platzierung.

Und da die Agiotistas dies wussten, versuchten sie, dies auf Kosten der Eigentümer des Landes und der entstehenden Brunnen auszunutzen.

Schon bald wurden Verwertungsgesellschaften organisiert und kontaktierten die Eigentümer. Einige, um das Land mit einem höheren Ertrag zu erwerben, das noch verborgen ist, und andere, wenn sie auf Widerstand stießen, um einen Teil des Gewinns den rechtmäßigen Eigentümern der Brunnen zu reservieren.

Als sich die Zahl der vom Öl erstaunten Menschen zu einer Legion zu formieren begann und viele Brunnen in kurzer Zeit geöffnet wurden, war es eine schwierige Aufgabe, alle Orte aufzusuchen, um das zu nutzen, was zu verlieren drohte, und die ersten, die Gehen Sie zum Anspruch sah und trafen sich. Sie wünschten sich, aber bald verbreitete sich die Nachricht, neue Ausbeuter kamen, Geldfirmen wurden gegründet, um alles abzudecken, was in ihrer Reichweite war, und das Start-up wurde normalisiert, um einen neuen Reichtum zu fördern, der dem Staat den größten Impuls geben würde, fast über Nacht Millionäre und würde den Egoismus entzünden, reich zu werden bei denen, die noch nicht das Glück gehabt hatten, eine Naht aus schwarzem Gold zu entdecken.

Abenteurer wie zu Zeiten der Russen von Kalifornien wagten es mit den Gipfeln und den Löchern, den Boden dort zu graben, wo es ihnen am besten schien, ohne Rücksicht auf Herrschaft oder Eigentum. Neue Brunnen mussten entdeckt werden, und als der rechtmäßige Besitzer des jungfräulichen Landes sich der Invasion widersetzte oder versuchte, er und keine fremde Hand zu sein, die sein Glück versuchte, brachen blutige Kämpfe und Kämpfe aus, die begannen, eine Zählung der Toten zu bilden von der einen und anderen Seite ziemlich erschreckend.

Wie immer siegte rohe oder kollektive Gewalt über Schwäche. Manchmal, wenn der Eindringling zahlreich, grob und organisiert war, eliminierte er den skrupellosen Besitzer einer beliebigen Spezies, und manchmal, wenn der Eindringling die Kraft hatte, erschoss er den Eindringling oder ließ ihn neben den Brunnen, die er versuchte, festnageln öffnen. .

Aber wie Gold war nicht ganz Oklahoma eine Naphtha-Lagerstätte. Es gab verschwenderische Orte, Taschen, in denen Öl an jeder Stelle entstand, an der ein Loch geöffnet wurde, aber an anderen war der Aufwand negativ, weil das schwarze Gold dort nicht existierte oder es so tief war, dass es mit einem einfachen Loch nicht möglich war verwendet werden. Kraft zum Fließen.

Laut Studien auf diesem Gebiet ist bekannt, dass Öl in entgegengesetzter Richtung zu Wasser ist. Dieses sickert nach unten und flieht ins Landesinnere, und das Öl dagegen hat eine Tendenz zu steigen, und deshalb steigt es, sobald es die kleinste Ausdehnungsöffnung findet, mit überwältigender Kraft auf.

Öl scheint sich an Orten zu bilden, die Kuppeln genannt werden, dh dort, wo die hohle Erde undurchlässige Wände hat. In ihnen entsteht der Teich, die Lagune oder das kleine Meer, alles hängt von der Lücke ab und dort bleibt es, bis das erste Loch es erweitert. Dann wird die Kuppel entdeckt, die je nach Menge der angesammelten Flüssigkeit Hunderte von Brunnen versorgen kann.

Und da diese Kuppeln unter der Erde liegen, kann sich niemand vorstellen, wo sich das Öl versteckt. Manchmal sind unter dem üppigen Boden der Prärien Millionen von Tonnen versteckt, und stattdessen wurde in zerklüftetem oder welligem Gelände keine einzige Gallone entdeckt.

Aus diesem Grund war die Entdeckung des schwarzen Goldes eher Glückssache, obwohl die Taschen an manchen Stellen im Inneren so umfangreich waren, dass es für viele Meilen in Länge und Breite reichte, zu bohren, um es sofort auftauchen zu sehen.

Diese vorläufigen und empirischen Entdeckungen von Öl in Oklahoma ließen die Leute glauben, dass die Suchaktion unkompliziert war, aber die allgemeine Geschichte des Öls beweist das Gegenteil. Als Beispielschaltfläche können wir Folgendes anführen. Die Imperial Oil Company of Canada, eine der reichsten an Ausbeutungen dieser Art, gab während 25 Jahren 25 Millionen Dollar aus, um einhundertfünf Bohrlöcher unterschiedlicher Tiefe zu eröffnen, die bis zu fast 6 km lang waren mit negativen Ergebnissen, bis sie eines Tages beim Bohren von Brunnen Nummer einshundertsechs einen der reproduktivsten Funde der Geschichte erzielte, der sie für so viele Jahre steriler Arbeit und so viel vergeblich vergeblichen Aufwand entschädigte. Hätte er diesen letzten Erfolg nicht gehabt, wäre der Verlust für das Unternehmen schrecklich gewesen,

Aber diese Komplikationen sollten später auftreten, als die Ablagerungen an der Oberfläche des Bodens in Betrieb waren, sie organisiert wurden und unsere Geschichte an die primitive Zeit der ersten Brunnen in Oklahoma anknüpft.

Es muss klargestellt werden, dass nicht alle Bewohner dieser Gegend mit dem Schwarzen Goldfieber infiziert waren. Im Gegenteil, es gab entschiedene Feinde der Suche und Ausbeutung dieses Reichtums, denn was für die einen eine unerwartete Quelle des Reichtums war, war für andere etwas Unsympathisches und für viele eine drohende Verderbnis, gegen die sie zu kämpfen anstellten.

Das Auftauchen von Öl stellte eine ernsthafte Gefahr für diejenigen dar, die solchen Reichtumsquellen am nächsten waren, in deren Ländereien es kein Benzin gab oder sie nicht suchen wollten.

Es war wie ein giftiger Atem, der alles um sich herum austrocknete und verdorrte. Das Land wurde mit Öl imprägniert, das Land wurde unfruchtbar, das Gras wurde grau, bis es vom Saft starb, und dem nahe gelegenen Vieh, das sich von dem Gras ernährte, das neben den Feldern wuchs, fehlte schließlich die Weide, wenn sie nicht verfügbar war. er vergiftete mit dem, was er ölverseucht einnahm.

Aus diesem Grund fühlten sich die Viehzüchter, die jetzt ihr Geschäft mit dem Geweih verteidigten, das sie so viel Mühe und Ermüdung gekostet hatte, von einem schrecklichen Unbehagen mit der Öl-Invasion überfallen und wollten nicht nur nichts davon wissen know das neue Geschäft, aber auch sie hatten sich zu entschiedenen Feinden von ihm erklärt. Diejenigen, die sich in Gebieten niedergelassen hatten, die die unersättlichen Sucher noch nicht gesehen hatten, blieben relativ ruhig, wenn auch in ständiger Wachsamkeit, was passieren könnte, aber diejenigen, die alarmiert sahen, wie die Suche unnachgiebig in Richtung ihrer Gebiete vorrückte, drohte die Erde zu sättigen und zu töten das Gras und seine Bündel vergiftend, erhoben sie sich angesichts der Gefahr und machten sich bereit, ihm zu begegnen.

Das Wesley-Gebiet war dem neuen Fieber ferngeblieben, aber die Bedrohung war nicht weit entfernt und alle Siedler und Viehzüchter in diesem Teil des Territoriums lebten mit ihren Seelen in einem Faden, bis die Nachricht überbracht wurde, dass der eine und der andere in Bezug auf Ölaktivitäten in der Ferne.

Unter den Landbesitzern und Viehzüchtern dieses Beckens ragte Armor Fuchs am meisten durch die Bedeutung seines Besitzes und der großen Rinderherde hervor, die nach der Invasion von Oklahoma seine Position als Vorarbeiter aufgab eine Ranch in Texas, um sich auf das Abenteuer einzulassen, und zwar mit Glück, da er mit Hilfe zweier Brüder, die ihm im Rennen gefolgt waren, ein großes Gebiet der Prärie begrenzt hatte, nur um ihm zu helfen, Boden zu erobern, obwohl später, als Armor war konsolidierten, gaben sie das auf, um in ihren Geschäften weiterzumachen, die nichts mit Viehzucht zu tun hatten.

Armor nahm kurz darauf ein kleines Team aus Texas mit, das alle zu der Ranch gehörten, auf der er gearbeitet hatte. Er bot ihnen bessere Bedingungen als ihr alter Arbeitgeber, und die Arbeiter zögerten nicht, die neue Stelle anzunehmen.

Aber sie verdienten sich die Erhöhung gut, denn vor allem in den ersten beiden Jahren mussten sie mit Banden von Unerwünschten kämpfen, die von Beute und Überfall lebten, obwohl ihre Mission später, als sich die Gemüter beruhigten, weniger exponiert und ruhiger war. .

Armor, der seine Frau und seine Tochter in Texas zurückgelassen hatte, um sie nicht den Wechselfällen dieses Abenteuers aussetzen zu wollen, hielt sie während dieser zwei unruhigen Jahre von ihm fern, aber als er glaubte, dass die Umgebung es zuließ, sie wieder in seinen Besitz zu integrieren , er hob sie auf und brachte sie auf die Ranch, die er inzwischen gebaut hatte.

Rüstung hatte Glück; die Rinder wurden gut aufgezogen, die Nachkommenschaft war reich und in kurzer Zeit gelang es ihm nicht nur mehrere tausend Rinder zu sammeln, sondern auch der stärkste und angesehenste Viehzüchter in diesem Teil des Staates zu werden.

Und da er unter Rindern geboren und unter ihnen aufgewachsen war und Rinder für ihn seine Leidenschaft und seine Quelle des Wohlstands waren, wollte er nichts von Öl hören, so nutzbringend seine Ausbeutung auch war. Verliebt in die Weiden und Wiesen litt er sehr, wenn er wegen dieses verdammten Öls, dessen einziger Geruch ihn zu ersticken schien, einen ausgedörrten oder kahlen Boden betrachtete.

Als die Nachricht von dem Geschehen dort eintraf und er von den Brunnen nach Osten vorrückte, war er bis zum Anfall erschreckt. Er konnte weder ertragen, dass sein Land gebohrt wurde, noch dass die Wirkung des verdammten Öls seine hässlichen Weiden beeinträchtigen und sein Vieh gefährden könnte.

Aber ... er besaß nur sein eigenes und konnte nicht über das Land anderer verfügen oder außerhalb seines Eigentums herrschen. Jeder war sehr meisterhaft darin, mit seinem eigenen zu tun, was er wollte, obwohl später aufgrund der natürlichen Auswirkungen der Ausbeutung jemand durch Ablehnung geschädigt werden konnte.

Und um herauszufinden, wie seine Haltung sein sollte und mit welchen Kräften er rechnen würde, wenn er sich der Gefahr stellen müsste, rief er eines Tages die verschiedenen in der Umgebung ansässigen Viehzüchter und die Siedler zusammen, die auch in diesem Fall zählten.

Rüstung zeigte ihnen die Gefahr, die Öl für sie darstellen würde, gegen die problematische Möglichkeit, dass dort Naphtha existierte. Es ließ sie erkennen, wie ruhig sie gegen das Unbehagen lebten, das das Fieber des schwarzen Goldes hinter sich herzog. Es konnte vorkommen, dass in einem Stück Land Öl war und in anderen nicht, in welchem Fall die bloße Anwesenheit eines Brunnens, der einem nützen könnte, ohne zu wissen, wer andere ruinieren könnte, da die Erde den Zufluss erleiden würde dieser austrocknenden und tödlichen Flüssigkeit, die das Land austrocknen, die Ernten unfruchtbar machen und das Vieh vernichten könnte.

Auf der anderen Seite würden sie jeden Tag mehr gewinnen, wenn sie sich einem harten Kreuzzug gegen jeden Bohrversuch anschlossen, denn als Ranches und Felder verschwanden, die von Bohrlöchern überfallen wurden, wurden Fleisch und Getreide aufgrund des Wachstums von Öl- und Gasstädten knapp. Ihre Produkte und ihr Vieh würden besser und zu einem besseren Preis verkauft werden, da der Markt von Angebot und Nachfrage das Preisgefüge vorgab und es mehr Knappheit und Bedarf, mehr Konkurrenz um den Erwerb und höhere Preise gab.

Er wurde vereidigt und versprach, sein Land nicht zu verpachten, zu verkaufen oder eine Spitzhacke treiben zu lassen, um neue Naphtha-Quellen zu finden. Wenn die anderen bereit wären, ihn zu unterstützen, würde er die Stärke seines Teams in die Verteidigung dieses jungfräulichen Territoriums zugunsten von wem auch immer einsetzen, und sie würden ihn vor jeder Empörung oder Nötigung schützen, um ihn zu zwingen, seine landet.

Wenn dies der Fall war, mussten alle ein Dokument unterschreiben, in dem sie sich anschlossen und versprachen, die Invasion der Wildkatzen zu verhindern, die die noch nicht ausgebeuteten Orte auf der Suche nach möglichen Vorkommen für die Unternehmen durchstreiften. Alle für einen und einer für alle, und wenn sie das Dokument unterschrieben und jemand es vermisste, ermächtigte die bloße Tatsache, das Unterzeichnete zu brechen, die anderen, in ihrem Eigentum so einzugreifen, wie es die gemeinsamen Interessen der übrigen erforderten. Und wenn er, der mehr Land besaß als alle anderen und dort die besten Chancen hatte, Öl zu besitzen, sich dazu verpflichtete, so gab er den anderen, die weniger Chancen hatten, eine solide Garantie zu geben. Stattdessen würden sie weiterhin die Knappheit an Weizen, Futtermitteln und Fleisch nutzen und die Gewinne ihrer Betriebe steigern,

Der Vorschlag wurde diskutiert, die Vor- und Nachteile untersucht und schließlich einstimmig beschlossen, eine solide Front gegen die Ölinvasion zu bilden und das von Armor angegebene Dokument zu unterzeichnen.

Es wurde unter anderem unter genauer Angabe der Grundlagen des Abkommens erstellt, zu dem sich jeder zu seinem eigenen Wohl und zu Gunsten der anderen verpflichtete, und nach seiner Erstellung und Unterzeichnung wurden auch Kopien von allen unterzeichnet, so dass jeder eines besaß.

Armor wurde zum Präsidenten dieser seltsamen Vereinigung ernannt, was ihm die Initiative überließ, sich jedem Invasionsversuch zu stellen. Armor nahm an und bot, um noch mehr Sicherheit zu haben, an, sein Team um ein halbes Dutzend weiterer Bauern zu verstärken.

Steigte der Fleischpreis, so trugen die Gewinne diesen Mehraufwand Rechnung und trugen zur Stärkung der gemeinsamen Verteidigung bei, aus der niemand herausgeschmissen werden konnte, wenn sowieso die gemeinsame Anstrengung aller erforderlich war. Obwohl die Gefahr im Moment nicht unmittelbar bevorzustehen schien, da die Vorhut der Perforatoren noch nicht in der Nähe war, war es gut vorbereitet zu sein, falls sie auftauchten.

Das Abkommen betraf neben Armor noch drei weitere Viehzüchter, die alle weiter östlich und damit weiter hinten im Vormarsch standen, sowie sechs mehr oder weniger prominente Siedler. Unter den zehn bildeten sie mit dem Personal unter ihrem Kommando, wenn sie ihnen nicht den Rücken kehrten, eine Streitmacht, die eine Barriere gegen die Ausbreitung dieser verheerenden und verheerenden Welle darstellen konnte.

Rüstung schien nach diesem Pakt ruhiger zu sein. Wenn sie ihn allein gelassen hätten, könnte er von seinen Mitmenschen erstickt werden, wenn in dieser Gegend Öl auftauchte, aber jetzt war eine sehr fortgeschrittene Trennlinie markiert worden, die die Ankunft der Suchenden im Herzen dieser völligen Vergeblichkeit verhindern würde.

KAPITEL II

HERAUSFORDERUNG

Eines Morgens im zeitigen Frühjahr war Virginia, Armors Tochter, zu einem Ausritt über die Prärie ausgezogen. Das Wetter war herrlich, sie hatten ärgerliche Tage mit Wasser oder schneidendem Wind gehabt und als sich die Atmosphäre beruhigte und der schlechte Zustand aufhörte, lud die Herrlichkeit dieser so vermissten Frühlingsmorgen ein, die Ruhe der Landschaft und die angenehme Atmosphäre zu genießen und streicheln.

Als er ein kurzes Stück von der Ranch entfernt war und den Zaun einiger Felder abkratzte, die allmählich sehr stachelig aussahen, entdeckte er zwei Reiter, die auf die Ranch zukamen. Sie ritten beide auf zwei schönen Fuchspferden, die sie zu einem guten Preis bezahlt haben müssen.

Die junge Frau blieb einen Moment stehen, um die Richtung zu beobachten, in die sie führten, und als sie glaubte, sich mit ihrer Absicht, die Ranch zu besuchen, nicht täuschen, ging sie auf sie ein. Da erkannte er einen der Reiter.

Es war Alvin Sekely, ein Mann Mitte dreißig, groß und geschmeidig, gutaussehend, mit einem ziemlich hübschen Gesicht und energischen, entschlossenen Manieren. Ein Mann, der zu zeigen schien, dass es nur wenige Dinge auf der Welt gab, die ihm beim Gehen widersprechen würden, wenn er den geraden Weg einer Straße nahm. Und tatsächlich war er ein aggressiver und unbeeindruckender Mann, dessen Leben ein reiner Zufall war, den es mit Entschlossenheit geschafft hatte, zu überwinden.

Aus einem einfachen Landarbeiter wurde er später ein Cowboy. Obwohl er als Arbeiter nichts Außergewöhnliches war, lernte er viel über Vieh und eines Tages, als er eine Person fand, die bereit war, einen bestimmten Betrag im Viehgeschäft auszugeben, zog er nach Oklahoma und widmete sich der Viehzucht durch die Städte des Staates, wo die Möglichkeit, frisches Vieh zu erhalten, das ihn mit Fleisch versorgte, noch nicht da war.

Und er organisierte eine Route, die er später auf mehrere erweiterte. So kaufte er mehrmals im Jahr, "mindestens einmal im Monat", ein paar hundert Bullen und nahm sie während der Fahrt auf den bereits festgelegten Routen mit und fuhr nacheinander oder in mehreren fort Menge, je nach Bedeutung jeder Stadt, die Hörner, die sie führte, bis sie alle an Ort und Stelle waren.

Nach dieser Expedition startete er eine weitere auf anderen Wegen und baute so ein Geschäft auf, das ihm einen regelmäßigen Gewinn einbrachte.

Alvin hatte mit Armor eine Vereinbarung über den Kauf einiger dieser Rinder getroffen, die er im Einzelhandel verkaufte, ihm jedoch ein gutes Geschäft machte.

Alvin tauchte höchstens alle zwei oder drei Monate auf der Ranch auf. Er wählte hundert Rinder aus, schickte später die Peones in seinen Diensten, um sie zu suchen, und verschwand, um zurückzukehren, wenn er neue Anschaffungen brauchte.

Daraus kannte Virginia ihn, und deshalb war er kaum weit genug entfernt, sie erkannte ihn. Andererseits war sie sich sicher, dass sie noch nie den Reiter gesehen hatte, der Alvin begleitete, einen Mann von ungefähr vierzig Jahren, gut gekleidet, mit einem attraktiven und intelligenten Gesicht, der von der Liga anprangerte, dass er ein Mann von hervorragender Stellung und mehr gewohnt war mit Menschen von Viso umzugehen, als mit niederen Elementen.

Aber was Virginias Aufmerksamkeit am meisten auf sich zog, war Alvins Outfit, das sich so stark von dem unterscheidet, was sie immer trugen, dass die bemerkenswerte Veränderung nicht zu übersehen war. Alvin kleidete sich in der Regel mehr oder weniger wie ein etwas selbstgefälliger Ranchvorarbeiter. Es war ein Cowboy-Outfit, das zu seinem Geschäft passte, obwohl seine Kleidung, da es mehr als ein einfacher Arbeiter war, sich durch beste Qualität und beste Pflege auszeichnete.

Aber dieses Mal waren die Überreste eines Mannes von der Rinderfarm verschwunden. Er trug einen eleganten Anzug, dessen Farbe mit dem Pferd harmonierte, das er ritt. Sein Hemd war kein kariertes Flanell mehr, sondern weiße Seide, mit einem Plafond unter dem Hals über der Brust, und seine Stiefel, die mit glänzenden silbernen Sporen versehen waren, waren aus glänzendem Lackleder.

Seine geblümte Weste trug von Tasche zu Tasche eine dicke Goldkette mit hufeisenförmigem Anhänger und sogar am Ringfinger seiner linken Hand zeigte er einen goldenen Ring mit einem schönen Diamanten, obwohl seine Größe nicht übertrieben war. .

Als Alvin Virginia erkannte, nahm er seinen Hut ab, jetzt schwarz, mit rundem Oberteil und nicht dem für Cowboys üblichen, und ging mit dem Pferd auf sie zu, begrüßte sie mit einem fröhlichen Lächeln:

„Was für eine große Freude, Sie kennenzulernen, Miss Virginia!

„Das gleiche hier, Mr. Sekely. Wir hatten ihn hier seit mindestens vier Monaten nicht mehr gesehen. Neulich hat er meinen Vater bemerkt.

„In der Tat, ich war in dieser Zeit sehr beschäftigt und es war mir nicht möglich, hierher zu kommen, aber nur damit du siehst, dass ich dich nicht vergessen habe, hier bin ich.

„Ich feiere es.

„Nun, lassen Sie mich Ihnen vorstellen: Dieser Herr, der mich begleitet, ist Herr Kaplan, ein großartiger Ingenieur und ein Mann, der die Schrecken seines Berufes kennt. Mr. Kaplan, das ist Miss Virginia Fuchs: Tochter meines Freundes Rancher Armor Fuchs, den wir besuchten.

Kapan reichte der jungen Frau seine Hand und sagte:

„Ich kann Ihnen versichern, dass ich nicht lüge oder falsche Schmeicheleien sage, wenn ich behaupte, dass ich ein echtes Vergnügen hatte, sie zu treffen.

„Danke, Sir, Sie sind sehr galant.

Alvin mischte sich begeistert ein.

„Keine Galanterie; Herr Kaplan hat eine große Wahrheit gesprochen. Sag mir, Virginia, was machst du, dass ich dich jedes Mal, wenn ich hierher komme, hübscher finde, etwas, das unmöglich zu überwinden scheint?

Sie antwortete lachend:

„Es wird so sein, dass ich mir bei gutem Wetter öfter das Gesicht wasche.

„Sehr anmutiger Abgang, aber du musst ihn wenigstens mit dem Wasser der Schönheit waschen.

„Natürlich, Mr. Sekely. Ich habe eine eigene Quelle und bewache sie eifersüchtig, damit niemand außer mir sie benutzt. Es war ein Glück, es zu finden.

„Sagen Sie das nicht. Ich denke, das Gegenteil ist der Fall und es ist das Wasser, das die Essenz der Schönheit erhält, wenn Sie sich damit waschen.

„Sehr hübsch. Wo hast du so viel Galanterie gelernt und warum hast du sie so versteckt gehalten?

»Der Kontakt zu hochrangigen Leuten, Virginia.

„Hmm…! Ich kann sehen, dass du deine übliche Kleidung gegen diese elegante geändert hast. Oder geht es zu einer Hochzeit?

„Was möchte ich mehr, als zu einer Hochzeit zu gehen, aber nur zu einer.

„Was ist, wenn es keine Neugier ist?

„Zu einem, bei dem Sie die Braut waren und ich der glückliche Sterbliche, zu dem Sie ‚Ja' sagen sollten.

"Bravo. Das ist der letzte Schliff für deine Werbung.

„Ich sage, wie ich mich fühle.

„Nun, hör auf, mich zu verarschen. Er hat die Frage nicht beantwortet, weil ich glaube, dass diese Kleidung nicht am besten geeignet ist, um zwischen Vieh zu laufen.

„Oh, natürlich nicht! Ich werde es nicht schmutzig machen, indem ich über die Haut anderer streiche.

„Also … wozu kommt er?

„Ich möchte mit deinem Vater über Geschäfte reden. Ist er auf der Ranch?

„Nun, ich weiß es nicht. Ich bin vor fast zwei Stunden dort abgereist und habe keine Ahnung, wo es sein könnte.

„Ich möchte dich sehen, Virginia. Die Sache ist uns beiden sehr wichtig.

„Nun, lass uns auf die Ranch gehen; Wenn er nicht da ist, schicke ich ihn auf die Weiden, um ihn zu suchen.

„Danke. Du bist immer so nett wie süß.

Sie wollte nicht auf das Kompliment reagieren. Er mochte es nicht so sehr darauf zu bestehen, ihr zu schmeicheln.

Als sie auf der Ranch ankamen, teilte ihnen der Arbeiter, der den Hof bewachte, mit, dass der Rancher gerade in sein Büro gekommen sei.

„Das freut mich, denn so verlieren wir keine Zeit“, sagte Alvin. Wollen Sie Werbung für uns machen, Virginia?

Sie zuckte mit den Schultern. Zwei- oder dreimal hatte Alvin sie trotz seiner
Tapferkeit mit einer Vertraulichkeit genannt, auf die er kein Recht hatte. Ihre
Beziehungen waren immer oberflächlich gewesen, und er mochte es nicht, wenn
sich niemand Freiheiten nahm, die ihm nicht zugestanden worden waren.

Er kletterte ihnen voraus, blieb an der Bürotür stehen, öffnete sie und sah hinein.
Der Viehzüchter, der ihn sah, rief aus:

„Hallo, Tochter, willst du etwas?

„Ja, Dad, um Ihnen mitzuteilen, dass Mr. Sekely mit einem Freund hier ist und Sie
sehen möchte.

„Sehr gut, lass es geschehen.

Sie drehte sich um und bemerkte das Wort und sagte:

„Sie können reinkommen, Mr. Sekely.

Danke Virginia.

„Miss Virginia... bis jetzt.

„Oh, entschuldige!" antwortete er, Alvin ein wenig abgeschnitten." Ich dachte
Freundschaft... Entschuldigung noch einmal.

Und ein wenig geschockt von der Aufmerksamkeit, die die junge Frau in seinen
Ohren vibriert hatte, ging er ins Büro.

Der Rancher, der ihn so elegant gekleidet sah, öffnete erstaunt die Augen und sagte
nach der Begrüßung:

„Teufel, Alvin, ich kannte dich nicht von diesem eleganten Blick. Das Geschäft
scheint gut zu laufen.

„IPhs! Dieses Geschäft interessiert mich nicht mehr.

„Das ... welches?

„Der mit dem Vieh. Ich kann mich nicht über ihn beschweren, weil ich einen
einigermaßen akzeptablen Gewinn gemacht habe, aber es gibt Dinge, die sind
veraltet und ich lebe mit der Dynamik der Zeit. Wer dies nicht tut, veraltet und
verliert seine guten Chancen.

„Aww! Ich wusste nicht... was machst du jetzt, Alvin?

„Ich bin ein Wildfänger geworden.

„Wie isst man das dazu? Ich habe es noch nie gehört.

„Kein Wunder, Sie sitzen hier fest und werden nur Ihrem Vieh ausgeliefert. Sie scheinen sehr weit entfernt von der Realität des Lebens zu leben und ein Mann wie Sie, der Verhaftungen und den Mut bewiesen hat, hierher zu kommen, Land zu begrenzen und dieses großartige Anwesen zu bauen und zu erhalten; Er hat mehr als genug Voraussetzungen, um mit wenig Aufwand Millionär zu werden.

„Jetzt ... aber ich ... strebe weder nach Millionen, noch bemühe ich mich gerne mehr als die meiner Initiative, die sich meinem Geschmack und meinen Hobbys anpasst. Ich wurde als Viehzüchter geboren und widme dem Vieh mehr Energie und Zuneigung. Alles, was mir das Vieh nicht geben kann, will ich nirgendwo anders haben.

„Nun, ich hoffe, du überzeugst dich bald selbst. Entschuldigen Sie, dass ich Sie vorstelle. Dies ist Herr Kaplan, ein Ingenieur im Dienste der Oklahoma Oil Company.

„Schön, Sie kennenzulernen, genauso wie Mr. Kaplan. Der Rest, wenn es nach Öl riecht, interessiert mich nicht.

„Er ist einer der angesehensten Geophysiker im Unternehmen.

"Noch schlimmer.

"Ich verstehe nicht, aber gut, wir werden es klären. Und da Sie mich gefragt haben, was diese Wildkatze bedeutet, werde ich es Ihnen erklären. Ich nehme an, Sie sind nicht so unwissend, dass Sie sich der enormen Revolution nicht bewusst sind, die... findet im Staat mit der Entdeckung von Öl statt.

„Nein, ich bin nicht unwissend.

„Nun, es war eine Explosion, von der niemand träumen konnte. Es schien, als ob der Untergrund bereit wäre zu platzen, um die Ölmeere, die nicht mehr in seine Eingeweide passen, hinauszuwerfen und es gibt keine Stelle, an der ein Loch geöffnet wird, aus dem nicht Öl herausspritzt.

»Unzählige Unternehmen werden gegründet, um die Produktion zu kanalisieren und dieses Vermögen in schwarzem Gold zu sammeln, damit keine Gallone verloren geht. Unter den verschiedenen bereits tätigen Unternehmen ist die von mir

erwähnte die stärkste, die am besten organisierte und die mit den meisten
Bedienelementen. Aber im Moment fühlt sie sich von dem enormen Zustrom von
Brunnen überwältigt und kann sich nicht dem Eröffnen neuer Brunnen widmen, mit
dem Zeitverlust, der bedeuten kann, sie zu schlagen.

»Da es aber nicht darum geht, viele und sehr gute Gelegenheiten zu verlieren, sie
anderen zu überlassen, haben sie viele Kilometer Land rund um die Orte gepachtet,
an denen Öl sprießt und an anderen, wo ihre Ingenieure das Gelände studiert haben
und glauben, dass es Kuppeln gibt versteckt, in dem große Mengen Naphtha
enthalten sind, und die Frage ist, es aufzudecken.

»Das ist die Aufgabe von Wildcattern. Sie nennen uns so, weil sie glauben, dass wir
das Öl durch Intuition entdecken.

„Ich gehe zum Beispiel auf einem begrenzten Gebiet umher und weise auf eine Stelle
hin und sage: „Hier muss Öl sein“, und ich grabe bescheiden ein Loch alleine, aber
natürlich auf Firmengelände und dafür. Ich benutze ein bestimmtes Zeit und eine
bestimmte Arbeit, die ich selbst bezahle.Wenn ich scheitere, weil es kein Öl gibt oder
weil ich zu tief bin und ich es mit so schlechten Bohrmitteln nicht erreichen kann,
gibt mir die Firma eine Entschädigung, um einen Teil der Ausgaben, die ich gemacht
habe und dann fange ich an anderer Stelle wieder an. Was ist mit Öl und habe ich es
richtig gemacht? Dann gewährt mir die Firma einen Teil des Gewinns, der von der
von mir entdeckten Quelle gemeldet wird, und wenn ich nicht will und wir kommen
zu einer Einigung, es gibt mir einen Gesamtbetrag und ich verzichte auf den Gewinn.

»Da ich ein zielstrebiger Mann bin und den Sieg gerne riskiere, habe ich, sobald
diese Ausbeutung begann, den Viehhandel aufgegeben und meine Ersparnisse beim
Ausheben von Brunnen auf diese Weise preisgegeben. Ich habe alles verlieren und
viel gewinnen können.

»Bis jetzt kann ich mich nicht beschweren, weil ich nicht verloren habe, und obwohl
ich kein Millionär geworden bin, habe ich mit mehreren Entdeckungen Glück gehabt
und einen Betrag gesammelt, der einem anderen fantastisch erscheint, mich aber
nicht mehr verführt, weil ich danach strebe, viel mehr zu verdienen.

»Der Beweis ist, Sie sehen es bereits. Jetzt ziehe ich mich gut an, habe ein gutes Pferd
gekauft, einen schönen Ring, und ich habe mehrere angeheuerte Männer, die in
dieser Hinsicht für mich arbeiten. Das Ding hat gut geblasen und ich bin sehr
zufrieden.

"Sehr gut", antwortete Armor, dem alles, was über Öl redete, übel wurde, "und ich
vermute, dass sein Besuch darauf zurückzuführen ist, dass er sein Glück erkennt
und mir sagt, dass ich in Zukunft nicht auf seine Viehkäufe zählen soll: Ich weiß es
zu schätzen Denn jetzt die Bestellungen sind aufgrund der Bevölkerungszunahme

größer und so kann ich anderen dienen, die mich drängen, ihnen mehr Vieh zu liefern.

Alvin lächelte mitfühlend und antwortete:

„Nein, dazu bin ich nicht gekommen. Eigentlich denke ich, du hättest dich sehr wenig um das Rindfleischgeschäft kümmern sollen.

„Aus welchem Grund, wenn es meins ist?

„Weil es andere gibt, die produktiver sind und noch mehr, wenn Sie die Menge an Land besitzen, die Sie besitzen.

„Was bedeutet das? Ich verstehe dich nicht.

„Einfach, dass ich gekommen bin, um ein viel produktiveres Geschäft vorzuschlagen als Vieh.

"Welche?

„Der mit Öl.

„Mir scheint, dass Sie mit mir verwechselt wurden.

„Warum? Ist es ein schlechtes Geschäft?

„Ich weiß es nicht, aber für mich, als ob es so wäre. Zum Glück ist das Öl hier bisher nicht aufgetaucht und es erscheint besser nicht, denn ... vieles kann passieren.

„Komm schon, Herr Fuchs, sagen Sie so etwas nicht. Wissen Sie, wie es ist, in einem Monat das zu verdienen, was Sie in mehreren Jahren nicht verdienen würden, trotz des Werts Ihrer Ranch?

„Es ist das gleiche, ich bin nicht ehrgeizig und vor allem; selbst wenn es war. Ich will Geld verdienen mit dem, was ich tue, mit dem, was ich verstehe und mag, nicht mit diesen widerlichen Dingen.

„Geld hat weder Geschmack noch Geruch.

„Für diejenigen, die so denken.

Kommen Sie, Herr Fuchs. Sag das nicht; Ich bin sicher, dass Sie hier im Rahmen Ihres Vermögens viele Tausend Dollar haben.

„Hat es dich auf die Nase getroffen? Ich lächle ein bisschen Intuition dafür.

„Es ist keine Intuition, sondern Sicherheit, und deshalb bin ich zu Ihnen gekommen. Ich hoffe, Sie überzeugen sich selbst, dass es ein gutes Geschäft ist und wir eine Einigung erzielen.

»Es ist wahr, dass das Öl noch nicht so weit gekommen ist, aber es wird kommen, glaube nicht und gerade weil diese Länder noch frei von Erforschung waren, hatte ich, obwohl es meiner Intuition nach du bist, die Ahnung, dass hier könnte unentdeckt Öl sein. Dies wäre für den ersten, der es hervorbringen würde, ein großartiges Geschäft und dann habe ich mit einigen Mitgliedern meiner Firma gesprochen und sie gebeten, mir einen Ingenieur zu leihen, um Studien in diesen Bereichen durchzuführen, und obwohl die Studien noch nicht abgeschlossen sind in die Tiefe, denn dafür wird ein sehr umfangreiches und teures Material benötigt, gibt es an diesen Stellen Anzeichen dafür, dass es Öl gibt.

Und wenn ja, werden Sie, die Sie am meisten Land haben, am ehesten über Nacht mit dem Auftauchen einiger Brunnen gesehen, die in zehn Jahren mehr als zwanzig Ranches wie diese ergeben würden. Wir würden alle gewinnen, und das Unternehmen, für das ich arbeite, würde sich beeilen, seine gesamte wirtschaftliche Macht in den Dienst der Ausbeutung zu stellen. Denken Sie darüber nach, Herr Fuchs, denn der Vorschlag ist verlockend.

„Selbst wenn das alles Gold wert wäre, das in der Nationalbank ist, würde ich es nicht akzeptieren. Nur ich kenne die Zuneigung, die ich zu diesen Weiden hege, wofür ich gekämpft habe, damit sie so gedeihen, wie sie sind und mein fettes und glänzendes Vieh. Ich weiß nur, was diese Landschaft als Geschenk für die Augen und den Wert ihrer Gelassenheit wert ist. Ich würde an dem Tag sterben, als ich dieses Gras, das mit meinem Schweiß wuchs, verdorrte und mich in diesen ekelerregenden Geruch gehüllt sah, von dem mir nur der Gedanke daran übel wird. Ich verdiene genug mit dem, was ich habe, und mehr will ich nicht.

Alvin antwortete genervt:

"Und glauben Sie, dass Sie, weil Sie darauf bestehen, das Unheilbare vermeiden werden? Sie wissen nicht zu schätzen, was ich Ihnen vorschlage, denn was ich mit Ihnen gemacht habe, kann ich mit jedem anderen Kolonisten oder Viehzüchter tun." in der Nähe, und das Öl würde genauso fließen und die Auswirkungen für Sie wären die gleichen, aber ohne Nutzen.

"Glauben Sie? Nun, versuchen Sie zu sehen, ob Sie mit einem Nachbarn mehr Glück haben als mit mir.

„Fordert es mich heraus? Glaubst du, dass jeder wie du denken wird, wenn er sieht, dass er in ein paar Wochen sein Glück machen kann?

„Ich sage ihm, er soll versuchen, zu sehen, ob er mit mir erreichen kann, was er nicht erreichen kann. Ich will nichts über Öl wissen, ich möchte nicht, dass jemand in meinem Land herumhängt und seine Nasen an ihm riecht, wenn er nach diesem verdammten Parfüm riecht, denn der erste, den ich sehe, ist dem gewidmet, ich lasse ihn mit Schüssen niedergenagelt .

Alvin versteifte sich. Er war seines Erfolges sicher dorthin gegangen, hatte sich von einem Ingenieur begleiten lassen, damit er seine Nachforschungen beginnen konnte, und hatte die lauteste Ohrfeige bekommen, die man ihm geben konnte.

Er hielt sich für lächerlich für diese Einstellung und rief eindringlich aus:

"Es ist in Ordnung. Wenn es eine Herausforderung ist, werde ich sie annehmen und mich bemühen, Öl in dieser Gegend zu finden. Ich habe dir etwas angeboten, das viele gerne hätten, und du hast mir mit einem Ausbruch geantwortet. Wenn du Öl siehst am Rande deiner Weide geboren zu werden, dann denkst du vielleicht anders.

"An dem Tag, an dem ich sehe (wenn ich es sehe und du es auch tust), wird Öl zusammen mit meinen Eltern auftauchen und mir droht ein Versuch des Verderbens ..., es scheint mir, dass jemand es bereuen wird, daran gedacht zu haben, zu sehen dafür, dass er hier an weniger gefährlichen Orten suchen konnte. Ich werde das, was mir gehört, verteidigen, wie es die Tapfersten verteidigen würden, und nimm das zur Kenntnis, Alvin, denn es interessiert dich. Wenn es in Oklahoma so viel Öl gibt, suchen Sie woanders nach neuen Quellen und kommen Sie nicht, um meine unnötig zu bedrohen, weil ich es nicht tolerieren werde.

"Sehr gut. Ich werde nicht auf deinem Grundstück danach suchen, weil ich es nicht kann, aber es gibt kein Gesetz, das mich daran hindert, an anderen Orten in der Nähe danach zu suchen. Es wird hier keinen anderen Siedler oder Rancher geben Bereich, der von meinem Vorschlag begeistert sein wird.Sie haben mich dazu gebracht, hier nach Ihnen zu suchen, und da ich ein Mann bin, der nie nachgibt, wenn etwas herausgefordert wird, werde ich nach Ihnen suchen und ... Ich werde dich finden.

"Nun, machen Sie weiter; ich bin gespannt, wer von dieser ganzen Region derjenige sein wird, der seinen Vorschlag annimmt. Ich fürchte, Sie machen sich darüber zu viele Illusionen.

„Die Zeit wird es zeigen, Herr Fuchs, und da alles, was wir zu erledigen hatten, abgedeckt ist, verlasse ich Sie.

„Du machst das gut, denn es wird für alle besser sein.

„Wer weiß, für wen es am besten ist. Bis wir uns wiedersehen, Herr Fuchs ...

„Bis wir uns wiedersehen... aber nicht hier, Alvin.

„Der Ort ist für mich derselbe, wenn er nicht hier ist, wird er ganz nah.

Steif verließ er das Büro, ohne sich zu verabschieden, gefolgt von Kaplan, dem Ingenieur, der in die bittere Diskussion überhaupt nicht verwickelt gewesen war. Seine Mission bestand darin, das Land zu studieren, in das er befohlen wurde, und der Rest ging ihn nichts an. Aber er war mit dem Interview nicht sehr zufrieden. Er hatte vermutet, dass der Rancher ein sehr grober Mann war, und er sah voraus, dass es Krieg geben würde, wenn Öl in der Nähe auslaufen und seine Weiden beschädigen würde.

KAPITEL III

BETRÜGERISCHE BERICHTE

Virginia war gerade im Hof und fütterte die Enten, die majestätisch auf dem Steinbecken schwammen, als Alvin und der Ingenieur auf der Veranda auftauchten. Die junge Frau war neugierig, was der Schmuggler gemacht hatte, da sie vermutete, dass sein Besuch nichts mit Vieh zu tun hatte.

Als sie auf den Zaun zugingen, fragte er daher:

„Gehen Sie jetzt, Mr. Sekely?

"Ja ..." Fräulein Virginia. Ist es nicht das, was Sie gerne heißen?

„Nun ja, ich denke, ich habe ein Recht darauf.

„Weil ich es genau bin?

„Dafür, dass du du bist und irgendjemand. Es gibt kein Motiv oder eine intime Beziehung für etwas anderes.

„Natürlich, besonders wenn Sie die Tochter eines mächtigen Viehzüchters sind und ich ... oder war, ein vulgärer und armer Viehhändler.

„Und das hat zu tun?

"Viele. Klassenstolz steigt vielen und vielen zu Kopf und vergessen, dass ein großer Teil aus niedrigeren Schichten stammt. Sie wissen jedoch vielleicht nicht, dass auch ich mein Schicksal geändert habe, als sich Ihr Vater veränderte, als er hierher kam, und das nach kurzer Zeit werde ich so viel Geld verdienen, dass ich den Präsidenten selbst anrufen kann.

"Das ist keine Frage des Glücks, Herr Sekely ..., es ist eine Frage der Bildung und des Feingefühls, und das ... wird nicht mit Geld gekauft.

„Vielleicht; aber Dummheit kann man manchmal mit Geld kaufen, und sein Vater hat alles mitgenommen, was in Oklahoma war. Ich kam als Freund, um ein Geschäft

vorzuschlagen, um das viele beneidet hätten, und er antwortete mir mit einem
souveränen Tritt.

Bist du sicher, dass er dir nicht so geantwortet hat, wie du es verdient hast? Mein
Vater weiß, wie man Menschen so behandelt, wie sie es verdienen.

„Und Sie wurden in derselben Schule erzogen.

„Ich bin nicht ohne Grund seine Tochter.

"Nun, dann mach dich bereit, über mich Bescheid zu wissen, wie dein Vater es
wissen wird, damit du lernst, Gefälligkeiten zu erwidern und keine dummen
Drohungen auszustoßen, als wäre er der einzige Mensch auf der Erde und die
anderen abscheulichen Würmer, mit denen man zerquetschen kann uns den Fuß Er
will kein Öl, das schwarz und gelbgold ist, obwohl er es bezweifelt, aber er wird Öl
haben, bis ihn der Geruch erstickt.

"Ist es das? Wenn ich es gewusst hätte, hätte ich dir diesen Tritt erspart, der so weh
getan hat ... oder zumindest hätte ich ihn dir gegeben, der immer sanfter gewesen
wäre , auch wenn Sie denken, Maultiere seien gefährlicher als Pferde Nein, mein
Vater will kein Öl, und wenn es Ihnen einen Rat gibt, nehmen Sie es an: Es ist
gefährlich, es vor die Nase zu halten, falls Funken auftauchen und jemand verbrennt
sich damit.

„Das werden wir sehen, Miss Virginia.

„Wir werden das ‚hören', Mr. Sekely, und ich habe das Gefühl, dass einige durch den
Lärm sehr gestört werden.

Sie drehte ihr den Rücken zu und ging auf die Veranda zu, während Alvin ihr mit
zusammengebissenen Zähnen mit den Augen folgte und murmelte:

„Mir scheint, dass Sie auch in den Kampf eintreten werden. Ich kann dumme
Mädchen deines Kalibers nicht ausstehen und wer weiß, ob du es mehr bereuen
wirst als ich.

Virginia, angespannt, ging nach ihrem angespannten Dialog mit Alvin in das Büro
ihres Vaters. Der Rancher, der von grenzenloser Wut besessen war, ging wie ein
eingesperrter Löwe durch die enge Einfriedung des Büros.

Die junge Frau bemerkte ihre Nervosität und rief:

„Beruhige dich, Papa; so ein Typ verdient es nicht, viel nachzudenken. Vieles ist Ihnen zu Kopf gestiegen und Sie werden schnell merken, dass alles nur Rauch ist.

„Weißt du ... weißt du, warum er gekommen ist?

„Ja, ich habe auf der Terrasse ein unangenehmes Gespräch mit ihm geführt, und er hat etwas zu mir gesagt und ... etwas, das er sich anhören musste. Glaubst du, es lohnt sich, ihm Bedeutung zu geben?

„Ich weiß nicht, was ich dir sagen soll, Virginia. Das werde ich erst erfahren, wenn die Solidität der Vereinbarung, die alle Eigentümer dieses Beckens unterzeichnet haben, auf die Probe gestellt wird.

„Glaubst du, dass jeder sein Engagement verpassen kann?

„Ich weiß es nicht; ich kann nur versichern, dass ich es nicht tun werde.

„Wenn die anderen freiwillig zugesagt haben ...

„Du musst das menschliche Herz und seine Schwächen kennen, Virginia. Wenn die Gefahr weit weg ist, denken wir alle, dass wir mutig genug sind, sie zu überwinden, aber wenn wir sie über uns haben, ist der Wert normalerweise sehr unterschiedlich. Bis jetzt glaubten sie, wie ich, an das Thema Öl, nicht weil es in ihren Besitztümern auftreten könnte, sondern weil es in denen anderer und nicht in ihrem entstehen könnte, was ihrer Meinung nach der eigentliche Schaden wäre. Ich glaube, es gibt wenige, die wie ich das Land für das haben wollen, was es an sich ist und nicht für das, was es unter den Weiden oder Ähren verbergen kann. Vielleicht hätten viele, wenn ihnen versichert worden wäre, dass sie Öl unter ihren Füßen versteckten, die Verpflichtung nicht unterzeichnet; wenn sie es taten, um andere davon abzuhalten, damit reich zu werden, und sie könnten stattdessen Opfer des Reichtums des Nachbarn werden.

„Ja, ich denke, Sie haben Recht, aber wenn niemand sicher weiß, dass darunter Öl ist, werden sie es nicht wagen, ihr Engagement zu verraten und sich als die ersten Opfer dieser verdammten Affäre auszusetzen.

"Ich weiß es nicht. Alles wird davon abhängen, wie sie an den Kampf herangehen und ob sie nach der Schwachstelle von jemandem suchen. Egal, spiel nicht mit mir, es ist gefährlich. Ich war der erste, der im Namen aller angegriffen wurde, und die Ich hätte es zuerst abgelehnt, obwohl es mir nicht schwer gefallen wäre, ihnen zu erlauben, einige Löcher zu öffnen, um zu sehen, was sie finden. Wenn ich die Vereinbarung erfüllt habe, sollen die anderen mich nachahmen, oder bei der Hölle, ich schwöre, wer es nicht tut die Abmachung einhalten, lege ich den Lauf meines Revolvers über seine Schläfe.

„Dad, um Gottes Willen, reg dich nicht auf.

„Ich warne mich, Virginia. Dieser Typ Alvin ist eine giftige Schlange und geht zu Ihrem Spiel, ohne sich um andere zu kümmern. Es ist sehr angenehm für ihn, ein Experiment auf meinen Weiden zu versuchen … sie sind riesig … irgendwo könnte er das Glück haben, Öl zu entdecken, wenn es existiert und dann … der Umzug wäre wunderbar für ihn. Angesichts der Größe meiner Ranch würden ihm ein paar Brunnen einen großen Gewinn bringen; er konnte sein Land sogar an andere verpachten; Dies wäre ideal für ihn, denn obwohl er eine Handvoll Dollar ausgesetzt hätte, um den Mund zu öffnen, müsste er nur seine Hand öffnen, um Geld zu erhalten. Der Rest, Arbeit, Ärger, Unbehagen, sogar Kämpfe, für die Firma, für mich und für meine Nachbarn. Er sagte zu der Firma, da ist das Öl, komm mein Geld, ich hätte genug.

„Was ist, wenn er falsch liegt und nicht?

„Er wird ein wenig von dem ausgeben, was das Glück in seine Taschen gesteckt hat, und es woanders suchen.

„Das ist für ihn aufgedeckt.

„Bis zu einem gewissen Punkt können diejenigen, die wenig haben, wenig verlieren. Auf der anderen Seite macht ihn Arroganz blind, und es hat gereicht, ihn ein wenig gegen den Strich zu kratzen, so dass er sich zusammengerollt hat und seine Drohungen auslöst. Ich denke, aus Stolz wird er versuchen, was er aus Egoismus nicht versuchen würde, und er hat viel.

„Lass uns darauf vertrauen, dass andere Wort halten und genauso antworten wie du.

„Das ist nötig, aber für alle Fälle muss ich hartnäckig wachsam bleiben und wieder den Schwachen oder Armen im Geiste drohen. Ich habe immer die Invasion des Öls befürchtet, aber durch seine normalen Kanäle, durch eine Kette von Ereignissen, die es hier allmählich näher bringen oder vielleicht nicht ankommen, wenn zwischen den nächsten Orten, an denen es derzeit existiert, und diesem Becken, sie fand eine Leere, die sie entmutigte. weiter nach Osten. Was ich nie vermutet hätte, war, dass die Explosion durch indirektes Feuern auf mich traf und mich genau als Ziel suchte. Verdammt, als ich diesen Typen kennengelernt habe!

„Lass uns ruhig warten, Dad. Um die Nerven zu verlieren, wird es Zeit geben, wenn es schief geht.

„Nein, denn genau das muss ich vermeiden, dass sie ein schlechtes Aussehen bekommen können. Ich muss diesem Kerl voraus sein und ich werde es tun, ohne Zeit zu verschwenden.

Und am selben Morgen bereitete der Viehzüchter wütend sein Pferd vor und bereitete sich darauf vor, alle Viehzüchter und Siedler in der Umgebung zu besuchen, die versprochen hatten, standhaft zu bleiben und keine Möglichkeit zu geben, diese Felder und grünen Wiesen in eine schwarze Hölle aus Schmutz zu verwandeln Öl, schlechte Gerüche, Verwüstung und eine Kinderstube von unhöflichen und kämpfenden Männern, die sich der harten Aufgabe stellen, mit einem so widerlichen Element umzugehen.

Wenn ich durch die grüne Süße der Landschaft ging unter der Liebkosung der Sonne, wenn ich in der Ferne den bewegenden Ton des Viehs betrachtete, das sanft das Gras graste, oder die Pracht der Weizenähren, die sich in sanften Wellen wiegen, gestreichelt von den Morgenwind, Er spürte die Wut eines ausbrechenden Vulkans, der sein Blut entzündete, als er darüber nachdachte, was es bedeuten würde, all diesen natürlichen Reichtum zerstört zu sehen, ihn in einen Wald aus rauen Holztürmen zu verwandeln, die mit Erde vermischte Ölstrahlen in die klare Atmosphäre und verwandelt alles in einen schmutzig stinkenden und verheerenden Sumpf.

Er konnte nicht zustimmen, er wollte nicht zustimmen, und er würde nicht nur den Besitz, sondern auch sein Leben riskieren. Wenn es statt Öl echtes Gold gewesen wäre, das die Erde eingeschlossen hatte, wäre alles egal gewesen. Ihre Weiden und ihr Vieh hätten nichts gelitten, denn um ihren Besitz würde sich die Erde öffnen, bis sie von einem Teil zum anderen durchbohrt wurde, weil das Gold weder befleckt noch ausgebreitet, noch verwüstet und ausgetrocknet die Eingeweide der Erde wie ein Fluch Gottes . Es hätte die natürlichen Schwierigkeiten gegen die Gier der Goldsucher gehabt, aber diese Kämpfe hätten die gleichen Probleme mit den Ölsuchern, zusätzlich zu den anderen Unannehmlichkeiten.

Der Morgen war verloren, Besuche zu machen. Immer wieder musste er die heftige Diskussion mit dem ehemaligen Viehhändler erklären, seine Drohungen, dass er seine Ländereien nicht verderben und den Brandstift der Zwietracht hineinlegen ließ, Drohungen, die er von Mann zu Mann aufgegriffen hatte, um sie aufrechtzuerhalten in dem Gelände, das Alvin in Betracht ziehen möchte.

Und immer waren seine letzten Sätze die gleichen:

„Nichts gibt dir das Recht, dafür zu sorgen, dass es hier Öl gibt. Ich habe versucht, es auf meine Kosten zu beweisen, um den anderen voraus zu sein, aber ich bin sicher, es ist alles ein Versuch, mein Glück wahllos zu versuchen, und nicht mehr. Jetzt, um mich für meine Weigerung zu rächen, wird er sicher versuchen, Unkraut unter allen zu säen, und versichert, was er nicht garantieren kann, nur um unsere Harmonie zu brechen. Ich hoffe, dass jeder von uns unsere Verpflichtung einhält und niemand zu schwerwiegenden Konsequenzen führt. Wir haben die Vor- und Nachteile abgewogen, bevor wir uns festgelegt haben, und das Wort der Menschen muss über alles gehalten werden.

Es war alles, was er tun konnte, und obwohl niemand es wagte, ihm zu widersprechen, kehrte er mit der Angst zurück, Alvin hätte genug Einfallsreichtum, um Unruhe in den Geistern zu erzeugen, die eine ernsthafte Spaltung verursachte.

Das Geringste war, dass es jemanden zögerte und ihn zwingen würde, seine Verpflichtung zu versagen, ihm die Durchführung einer Umfrage zu ermöglichen, das Tragische wäre, wenn die Umfrage Glück hatte und die Katastrophe verursachte, die er so sehr zu vermeiden versuchte .

Nach den von ihm erworbenen Berichten wurde Öl viel zentraler gefördert. Dort wurde im Moment der Brennpunkt des Fiebers erzeugt und dort wurde rund um die Uhr gekämpft und gearbeitet, um mehr oder weniger effizient zu helfen, das zu sammeln, was sprießte, als ob die ganze Erde hohl wäre und das Öl kämpfte beim ersten kleinen Loch herauszukommen, das sich flach darin öffnete.

Laut einigen Zeugen, die einen Teil des Gebiets bereist hatten, ging ein Großteil des Keimlings verloren, da es an geeigneten Orten mangelte, um ihn aufzubewahren, bis er gesammelt werden konnte. Riesige Jets sprudelten hervor, die sich dann wie verpestete Ströme ergossen, das Land, durch das sie liefen, verbrannten, Felder und Wiesen versengten, in benachbarte Felder eindrangen, die Betroffenen ruinierten und Konflikte und Kämpfe auslösten, die sich in einem anderen Sinne zu vermehren drohten. , wie war die Umgebung von San Francisco im Jahr 48.

Diese Berichte gingen zwei Tage später ein, korrigiert und ergänzt durch einen Augenzeugen aus dieser Hölle.

Es war ein Neffe von Armour, Sohn einer Schwester seiner Schwägerin.

Joseff Fuchs, Armors Bruder, war mit einer Texanerin namens Clara verheiratet, die wiederum eine verwitwete Schwester mit einem Sohn namens Gleen hatte.

Armors Brüder versuchten, der Witwe zu helfen, bis ihr Sohn ihr helfen konnte und derjenige, der am meisten zu dieser Hilfe beitrug, war Armor, da er besser dran war.

Später, als sie hörte, wer der Junge war und wie klug und bereit er sich zeigte, um im Leben seinen Weg zu gehen, beschloss sie, ihm zu helfen, und bezahlte sein Studium in McAlester, wo er sich so hart bewarb, dass er sich auf Zwangsmärsche bewarb , sein Können und Talent unter Beweis stellend, beendete er sein Jurastudium in der Hälfte der Zeit, die jeder andere für sein Studium aufgewendet hätte.

Armor war nicht nur von Gleens Klugheit geschmeichelt, sondern auch von seinem Selbstwertgefühl, die Entfernungen zu verkürzen und seine Karriere so schnell wie möglich zu beenden, da es für diejenigen, die ihm halfen, die geringste Belastung darstellte, und da er auch ein Kämpfer war, wusste er es besser als die Wertschätzung anderer. Fähigkeiten des Jungen und seinen mutigen Geist, im Leben durchzubrechen.

Jeden Sommer machte Gleen nach einem kurzen Besuch bei ihrer Mutter Urlaub auf der Armor Ranch, wo sie herzlich empfangen wurde. Armor war stolz auf Gleen, denn was immer der Junge im Leben war, er hielt es für sein Tun und auch weil er ein ausgezeichneter und dankbarer junger Mann war.

Und es war genau Gleen, die gerade in Erwartung ihres Urlaubs auf der Ranch aufgetaucht war.

Vielleicht wegen zu viel Studium und Arbeit war er einige Wochen krank gewesen, hatte ihm die Anstrengung vorgeworfen, und die Lehrer hatten ihm einen Monat Erholungsurlaub gewährt. Sie wussten, dass sein Studium so weit fortgeschritten war, dass diese Unterbrechung keinen Einfluss darauf hatte, dass er zum Zeitpunkt der Prüfungen seine Fächer bestanden hat.

Armor war überrascht von seinem unerwarteten und vorzeitigen Besuch, aber es genügte ihm zu bemerken, dass der Junge viel an Gewicht verloren hatte und eingefallene Augen und scharfe Wangen hatte, um zu verstehen, wie sehr er Ruhe und frische und belebende Luft brauchte.

„Wie geht es dir so früh hier? "Ich frage.

„Sie haben mich gezwungen, mein Studium für einen Monat zu unterbrechen, Onkel", antwortete er. Ich war seit einigen Wochen sehr müde und hatte starke Kopfschmerzen, und man empfahl mir einen Monat Ruhe, und ich wollte meine Mutter nicht direkt aufsuchen, um sie nicht zu beunruhigen, wenn sie mich in diesem Zustand sah. Deshalb bin ich hierher gekommen.

"Das hast du gut gemacht. Schließlich drängt dich niemand zu dieser Anstrengung. Du weißt, dass ich dir mit viel Zuneigung helfe, denn neben dem Wissen, dass du es wert bist, weiß ich, dass du kein Liegestuhl, sondern ein fleißiger Junge bist, der dich zu einem Mann machen will. Für mich ist es egal, dass man ein Jahr oder so braucht, um sein Studium zu beenden, sondern dass man es ganz normal abschließt.

"Ich habe nur noch wenig übrig, Mann. Ich habe jedes Jahr zwei Kurse absolviert, und im nächsten werde ich mein Studium abschließen. Ich möchte es tun, mich in der Hauptstadt niederlassen, um zu sehen, ob ich Glück habe, und ich nehme meine Mutter an meiner Seite und ich war dir nur eine Last. Schade, dass du es jetzt nicht ausüben kannst, denn du hast keine Ahnung von den Gerichtsverfahren und Kämpfen, die wegen dieser blöden Ölkatastrophe stattfinden dass, wenn dies so weitergeht, es notwendig sein wird, in allen Staaten der Union Ertrunkene zu rekrutieren, um sie nach Oklahoma zu bringen.

„Schade ist, dass sie nicht alle platzen und in ihren verdammten Brunnen versinken. Ich denke, das ist die Hölle.

„Du weißt es nicht wirklich, Onkel. Ich bin von McAlester über das Ölfeld über den Muddy Boggy River gekommen, und Sie haben keine Ahnung, was das ist. Alles, was in der Landschaft schön und attraktiv war, ist abgestorben, hat sich zu riesigen schwarzen Sümpfen entwickelt, die stinken und einem schwindelig machen. Felder, die Früchte tragen sollten, sind gefallen, da der Boden mit Öl imprägniert und die Ohren vergiftet wurde. Viele Weiden, auf denen er Vieh hatte, sind zu verbrannter Erde geworden, und ihre Besitzer mussten mit dem Vieh auswandern, um es zu retten, ich weiß von heftigen Kämpfen zwischen den Verletzten und denen, die auf ihrem Land Öl gefunden haben, gerade wegen der Schäden, die angerichtet wurden diejenigen, die mit diesen Brunnen nichts zu tun haben.

Die Dörfer, die einst ruhig waren, sind zu losen Irrenhäusern geworden, Abenteurer aus aller Welt kommen zum Geruch des Öls, einige um zu arbeiten, andere um davon zu leben, wie es geht. Es gibt keinen Ort zum Sein, das Leben ist furchtbar teuer geworden und alles ist knapp; Alkohol ist auf dem Vormarsch und überall herrscht Gewalt.

»Die ausbeutenden Unternehmen versuchen, aus diesem Ölgeschwätz herauszukommen, es auszunutzen, aber die Realität überwältigt sie. Die Leute sind so töricht, dass sie glauben, dass alles gelöst wird, indem man ein Loch öffnet und einen endlosen Strom von Öl herausspritzt, aber dann, wenn sie gesehen haben, wie es geboren wird, kommen Verzweiflung und Probleme. Sie haben den Rest nicht vorausgesehen, es fehlt ihnen an Vorkommen, um es zu sammeln, es entweicht nutzlos überall, verursacht Schäden und Verluste auf weite Entfernungen, sie suchen fieberhaft nach einer Möglichkeit, es einzudämmen, indem sie die Erde erneut umgraben, um Lagunen zu erzeugen, die vor ihnen gefüllt werden öffnen. Was den Rest angeht, kann ich Ihnen einige Dinge erzählen, die ich miterlebt habe und die Ihnen eine Vorstellung davon geben, was diese Hölle ist.

»Um irgendwie Öl zu sammeln, suchen sie dort, wo sie sind, nach Gefäßen, welcher Art sie auch sein mögen. Ich habe gesehen, wie eine Taverne ausgeraubt und die Weinfässer umgeworfen wurden, um Öl hineinzufüllen, sie dringen in die Häuser ein, beschlagnahmen Eimer und andere Gefäße zu demselben Zweck, und jede Plünderung ist ein Kampf oder ein Kampf, manchmal mit Blutvergießen.

»Dasselbe passiert mit Fahrzeugen, welcher Art auch immer, denn sie sind unentbehrlich, um das Öl zu fördern und zur Raffination zu transportieren oder an denjenigen zu liefern, der es roh kauft.

»Wer die Mittel hat, bezahlt die Wagen zu dem Preis, den sie von ihm verlangen, der, der nicht mehr hat, ein Ölstrahl, der wiedergeboren in der Erde versickert, weil es an Mitteln fehlt, ihn zu sammeln, kämpft darum, ihn zu ergreifen sie vom Schießen. Die Firmen, die mit der Organisation der Sammlung beginnen, bringen Fahrzeuge mit, die manchmal von denen, die keine haben, auf den Wegen ausgeraubt werden.

»Ich habe gesehen, wie einige Karawanen von Karren mit Containern kommen, begleitet von mit Gewehren bewaffneten Männern, die echte Schlachten mit denen schlagen müssen, die auf die Straße gehen, um so kostbares Material zu erbeuten, und trotz des Zustroms von Abenteurern gibt es there nicht genug Arbeitskräfte, um in den Brunnen richtig zu arbeiten.

»Sie bieten ihnen Gehälter an, von denen sie nie geträumt haben, obwohl die Arbeit mit nichts bezahlt wird, da es das schmerzhafteste und unhöflichste ist, das ich je gesehen habe. Aber Geld wirkt Wunder.

„Sie arbeiten wie Ochsen und gehen dann, sobald sie bezahlt werden, in Tavernen, um den Geruch von alkoholischem Öl abzuschütteln, betrinken sich und kämpfen und sie sind wie Büffelherden, die durch die Straßen der Dörfer streifen. Etwas, das mir die Haare zu Berge stehen ließ und das mich mehr als schnell aufgeben ließ, um mich nicht völlig verrückt zu fühlen.

»Ich zweifle nicht daran, dass all dies ein immenser Reichtum sein wird, der große Vorteile bringt und für die Wirtschaft der Nation sehr nützlich sein wird, aber solche Gewinne und Vorteile können vergeben werden, wenn man diese schädlichen Bilder nicht unterstützt und für den Schaden, den sie anrichten zu denen, die nichts haben. mit Öl zu tun haben, noch wollen sie davon wissen, was ziemlich viele sind.

„Es ist traurig und traurig darüber nachzudenken, was in diesem Bereich dummerweise verloren gegangen ist. Sie, die Sie in die Landschaft, ihre Weiden, Obstgärten und Blumen verliebt sind, Ihre Seele würde zu Ihren Füßen fallen, wenn Sie die Qual des Betrachtens solcher Gemälde erleiden würden. Es ist so, als würde man ein Paradies verlassen und sich plötzlich in den Eingeweiden einer Hölle wiederfinden.

Armor, der mit zusammengebissenen Zähnen zugehört hatte, sagte taub:

„Du hast Recht, Gleen; Sie haben das so gemalt, wie ich es mir vorgestellt habe, ohne es zu sehen, und wenn ich nur denke, dass es hierher kommen kann, fühle ich mich verrückt und möchte ein Gewehr nehmen und mit allem um mich herum schießen. Ich bin froh, dass Sie ein Augenzeuge sind, denn ich brauche Ihr Zeugnis, damit Sie einige wissen lassen, dass sie es brauchen werden.

„Hier? Zum Glück hast du Glück, dass das weit weg ist.

„Das weißt du nicht, Gleen. Ich habe dir dazu ein paar Dinge zu sagen, weil ich das Gefühl habe, dass ziemlich tragische Ereignisse bevorstehen und es gut ist, darauf vorbereitet zu sein.

KAPITEL IV

EIN VORSCHLAG UND EIN KAMPF

Alvin ging mit dem Ingenieur nach Wesley und fragte nach einem Zimmer im Gasthaus.

Dort herrschte absolute Ruhe und das Leben bot keine Sorgen oder Erschütterungen.

Als sie installiert waren, trafen sie sich in Alvins Zimmer und der Ingenieur fragte:

„Was werden Sie jetzt tun, Mr. Sekely? Die Firma hat mich befohlen, Sie zu begleiten, weil Sie ihnen versichert hatten, dass auf der Weide dieses Viehzüchters mit der Überprüfung begonnen werden könnte. Nach dem Empfang, den Sie uns gegeben haben, hoffe ich nicht, Sie davon zu überzeugen, dies zu genehmigen.

„Ich weiß es nicht, aber er hat mir eine Herausforderung ins Gesicht geworfen und ich habe sie angenommen. Ich schwöre ihm, dass ich ihn und sein Vieh in Strömen von Benzin ertränken werde, wenn der Untergrund dieses Raums Öl enthält.

„Glaubst du, es lohnt sich? Hier wurden noch keine Umfragen durchgeführt und es ist nicht bekannt, ob es gefunden wird. Du bist in Gefahr, hier zu begraben, was du anderswo verdient hast, nur aus der Laune heraus, mit diesem Mann zu kämpfen. der mir zu hart vorkommt.Denken Sie nur, wenn Sie doch scheitern und keine Sonden starten oder nur trockene Löcher öffnen können, werden Sie viel ausgelacht.

„Es ist eine Lotterie, bei der wir beide die gleiche Chance haben, zu gewinnen oder zu verlieren. Hätte er mich anders behandelt, hätte er vielleicht gekündigt, aber er war so großartig, dass er sogar zu sagen wagte, dass ich hier niemanden finden werde, der mein Glück versuchen will. Es wird angenommen, dass andere die Möglichkeit verachten, über Nacht reicher zu werden als er, weil er sich um seine Weiden und sein Vieh kümmert und Geld hat, um nicht mehr zu brauchen. Ich möchte dir zeigen, dass du falsch liegst und werde es als nächstes versuchen. Hier gibt es kleine Siedler, die sich ganz in der Nähe ihres Landes niedergelassen haben. Ich stimme jemandem zu, ich werde ein paar Löcher in ihrem Land öffnen und wenn Öl herauskommt ... was ich lachen werde, wenn es durch die Furchen gleitet und auf ihre Weiden gelangt, sie versengt und ihr Vieh in Skelette verwandelt!

Der Ingenieur antwortete leise:

„Wenn Sie dazu bereit sind, kann ich es nicht verhindern, aber mir scheint, dass Sie den Charakter und die Aggressivität dieses Mannes sehr schlecht bewertet haben. Ich schätze, Sie werden von Ihrem Besitz sehr bezahlt, und wenn Sie diesen Schritt machen, fürchte ich, dass geschmolzenes Blei verschwendet wird.

„Ich habe meinen Anteil an der Revolvertrommel.

„Sehr gut, dann mach weiter. Was ich Sie warnen muss, ist, dass Sie mir entweder einen Weg geben, meine Mission zu erfüllen, oder ich nach McAlester zurückkehre, um mich den Befehlen der Company zu unterstellen. Meine Präsenz auf anderen Websites kann hilfreicher sein.

"Sehr gut. Ruhe für heute und morgen werden wir sehen, was getan werden kann.

Alvin war entschlossen, in seinen Bemühungen, den Rancher zu bekämpfen und ihn so weit wie möglich zu besiegen, nicht nachzugeben und gab daher, nachdem er die Situation der Besitzer des Beckens untersucht hatte, die Namen der beiden Siedler an, die ihm am nächsten standen die Weiden von Rüstung.

Mit diesen Berichten führte er eine Besichtigung beider Liegenschaften durch und entschied sich für Steve Evanstons, dessen Land in leichter Hanglage am besten geeignet schien, denn wenn er mit ihm eine Einigung erzielte und Öl bekam, war er sich sicher, dass die ersten Tausend Liter, die verloren gingen, bis sie in Flaschen abgefüllt werden konnten, rutschten den Hang des Landes hinunter, bis sie genau im mittleren Teil des Grundstücks in die Rüstungshirten eindrangen.

Diese Möglichkeit ließ Alvins aggressive schwarze Augen wie Glut glühen. Der Hochmut und die Drohungen des Ranchers und sogar der beleidigende Ton, den seine Tochter ihm gegenüber benutzt hatte, schmerzten ihn. Es würde ihnen klar machen, dass er kein sanftmütiger Feind war, der gekratzt werden konnte, ohne mit einem Stampfen zu reagieren.

Steve arbeitete auf seinem Land, als Alvin auftauchte. Der Siedler musterte ihn überrascht von oben bis unten und fragte sich, wer dieser selbstgefällige Kerl war.

„Was wolltest du?", frage ich.

»Ich nehme an, ich habe das Vergnügen, mit Mr. Evanston zu sprechen.

„In der Tat, ich bin Evanston.

„Schön dich kennenzulernen. Könnten Sie mir ein paar Minuten Aufmerksamkeit schenken?

„Warum nicht? Du wirst sagen, was du willst.

"Nun, Sie werden sehen; ich bin ein Mitglied des leitenden Personals der Oklahoma Oil Company, dem stärksten Unternehmen, das derzeit die größte Ölproduktion kontrolliert, die aus dem Boden dieses Staates stammt.

»Mein Unternehmen wird sein Geschäft auf verschiedene, noch nicht ausgebeutete Orte ausdehnen, und genau dieses Gebiet ist am nächsten, denn nach geheimen Studien unserer renommierten Ingenieure gibt es absolute Gewissheit, dass dies Becken gibt es einen riesigen und reichen Öldom, dessen Fähigkeit viele über Nacht reich zu machen, die heute, um gerecht zu leben, das ganze Jahr über exzessiv arbeiten müssen und viel weniger verdienen. Ich wurde mit einem unserer Ingenieure beauftragt, das Gelände zu untersuchen und den Standort oder die Standorte vorzuschlagen, an denen Sie die ersten Erkundungsbrunnen eröffnen können, und da ich ein Mann bin, der viel mit Armut zu kämpfen hat, um meinen Weg zu finden und Geld zu verdienen, Ich bin geneigt, in diesem Sinne die Bescheidensten zu bevorzugen.

„Zum Beispiel könnte ich seinem Nachbarn, dem Rancher Herrn Fuchs, vorschlagen, mit den Arbeiten auf seinem Land zu beginnen; es gibt mehr Möglichkeiten zur Exploration, dort könnten genügend Brunnen gebohrt werden und auf der Grundlage der Öl enthält, aber es ist nicht fair, denjenigen zu bevorzugen, der am meisten hat, sondern im Gegenteil, den Schwächsten zu helfen, denn der Reichtum muss sich zuerst selbst verteilen und denen helfen, die ihn am meisten brauchen.

"Wie ich feststellen konnte, gibt es hier in der Gegend einige Siedler, deren Besitz ihnen nicht viel einbringen sollte, einschließlich Sie und ich haben beschlossen, einen von Ihnen zu kontaktieren, um ihnen die Gelegenheit zu geben, die sie aufgrund ihres Fleißes und ihrer Armut verdienen Leistung in ihrer Arbeit.

»Wenn es Ihnen passt, können wir die Bedingungen für den Start des Scans besprechen. Ich verpachte Ihnen ein Stück Ihres Landes und zahle Ihnen mehr dafür, als Sie in einem Jahr verbrauchen können. Wenn der Versuch zufällig fehlschlug, hätten Sie nichts verloren. Sobald Sie das gesammelt haben, was Sie aus der Ausbeutung des Landes und noch mehr bekommen konnten, würde der Pachtvertrag gekündigt und Sie würden Ihr Grundstück wieder besitzen und es wie bisher bepflanzen.

»Sie sagen mir den Betrag, von dem Sie schätzen, dass ich Ihnen zahlen sollte, und ich zahle ihn Ihnen. Abgesehen davon würde die Gesellschaft im Falle einer Entdeckung von Öl für die Ausbeutung verantwortlich sein, ihr zwanzig Prozent des Gewinns vorbehalten und, wenn sie diese Beteiligung nicht wünschte, eine Vereinbarung über den Erwerb ihres Landes treffen. Auf jeden Fall würden Sie einen großen Gewinn machen, und wenn Sie nichts über das Öl wissen wollten, könnten Sie mit dem, was wir Ihnen für Ihr Grundstück gegeben haben, noch ein Zehnfaches mehr erwerben, in Texas oder wo immer Sie es für richtig halten.

»Dies zu Ihrer größeren Garantie, wir können es zu Ihrer Sicherheit in einen Vertrag übersetzen und damit Sie wissen, dass wir in gutem Glauben handeln, da es sich um ein Geschäft handelt, das es uns allen ermöglicht, zu gewinnen.

Der Siedler hörte, ohne einen Kommentar abzugeben, nervös zu, trotz allem, was mit Armor und den anderen dort Sitzenden besprochen worden war, war der Vorschlag verlockend. Wenn kein Öl gefunden würde, da sie ihm im Voraus zahlen würden und in größerem Umfang, was er durch die Nichtbewirtschaftung des Landes verlor, würde er nichts verlieren, aber im Gegenteil und wenn es stimmte, dass Öl auftauchte, begann seine Fantasie zu fliegen , berechnet die Menge Tausende von Dollar, die es produzieren würde.

Aber erschrocken kommentierte er:

„Sagen Sie, dass es in dieser Gegend mit Sicherheit Öl gibt?

„Natürlich. Wenn nicht, warum sollten wir dann unsere Arbeit und unser Geld riskieren, um nutzlose Brunnen zu graben? Sie verstehen, dass das dumm wäre, es gibt Bereiche, in denen noch viel ausgebeutet werden kann.

„Ja, aber die Tatsache, dass es hier Öl gibt, bedeutet nicht, dass es genau unter meinen Feldern liegt und dass es genau in dem Stück Land auftauchen wird, das Sie hacken, um es zu suchen.

„Wenn bekannt ist, dass Öl existiert und vor allem in Menge, ist es fast sicher, dass es dort sprießt, wo es zuerst mit einem Expansionsmund versehen wird. Wenn zum Beispiel hinter diesem langen Ufer ein Wassertank versteckt wäre, was würde es tun, ein Loch in dem Teil dort drüben zu öffnen als in dem Teil hier, damit die Quelle herauskommt? Das Wasser würde dort fließen, wo der Auslass vorgesehen war.

„Ja, richtig, da hast du recht.

„Sobald Sie das verstanden haben, können wir den Mietvertrag ab sofort besprechen.

Der Siedler, der am Sprechen erstickte, weil sein Egoismus gerade durch Alvins schillernde Versprechen genährt worden war, sagte heiser:

„Ich verstehe, dass das, was Sie vorschlagen, sehr vorteilhaft ist, aber mir sind Hände und Füße gefesselt, um es anzunehmen.

"Warum?

„Weil ich sowie alle großen und kleinen Besitzer dieses Beckens ein Dokument unterzeichnet haben, in dem wir versprechen, keine Exploration auf unserem Land zuzulassen.

„He, was sagst du?

„So ist das. Herr Fuchs hat uns zusammengeführt, uns die Gefahren der Ölfrage und die Schäden gezeigt, die sie einigen anrichten könnte, obwohl sie anderen zugute kamen, da nicht alle das Glück haben würden, Öl auf unserem Boden finden und wir haben ein Dokument unterzeichnet, in dem wir uns verpflichten, das Land nicht für solche Tests aufzugeben und uns sogar gegenseitig zu verteidigen, dass niemand gekommen ist, um das Land in einen schlammigen und zerstörerischen Teich von dem zu verwandeln, an dem wir so hart gearbeitet haben blühen.

Alvin biss sich bei den Erklärungen des Siedlers auf die Lippe, und jetzt erinnerte er sich, warum Fuchs ihn herausgefordert hatte, sein Glück mit einem anderen Beckenbesitzer zu versuchen. Er hatte sie alle fest gefesselt und das war, wie er glaubte, seine Stärke.

Und wütend kommentierte er:

„Und waren Sie so dumm oder so naiv, dass Sie dieses Versprechen unterschrieben haben?

„Du hast recht, die Situation war in so düsteren Farben gemalt, dass wir dachten, wir wählen das kleinere Übel.

„Bei allen Heiligen! Wie dieser Geier seine Offenheit missbraucht hat, Mr. Evanston. Es war so, als ob ein reicher Mann wüsste, dass sich hinter einem Felsen ein Schatz befindet, und damit andere ihn nicht ausnutzen, sagte er zu ihnen: Beiße nicht und suche ihn, denn der Stein könnte auf sie fallen. Was kümmert es ihn, dass du aus deiner nahen Armut herauskommst, wenn er genug Geld hat, um schön zu leben? Er möchte, dass niemand seine eigenen bedroht und ruhig mit dem lebt, was er hat, ohne weitere Komplikationen. Das kann nicht sein und muss korrigiert werden.

„Das geht nicht, wir sind unserer Firma verpflichtet. Wenn einer von uns das nicht tut, haben die anderen das Recht, einzugreifen, um zu verhindern, dass wir den Pakt brechen. Für mich wäre es eine Verpflichtung, dass andere auf mich springen, und in mein Eigentum eindringen, was mich nicht nur daran hindert, mein Vermögen zu versuchen, sondern mir sogar schadet, was mir dies derzeit anrichtet.

„Und denkst du, dass alle so denken wie du?

„Nicht, dass ich so denke. Dazu habe ich mich verpflichtet und bin verpflichtet, sie zu erfüllen.

„Was würde passieren, wenn jemand, der weniger gewissenhaft oder weniger ängstlich ist als Sie, die Dinge anders sieht und diesen Pakt aufgibt? Sie können zurückziehen und in diesem Fall hätten Sie verloren, was ein anderer gewinnen kann.

„Es ist möglich, aber ohne Garantien kann ich mich nicht der Tatsache aussetzen, dass es auf meinem Land kein Öl gibt und auch den Repressalien meiner Kollegen wegen Nichteinhaltung der Vereinbarung. Sie sagen, das wollten Sie Herrn Fuchs nicht vorschlagen. Warum?

„Ich sage es dir schon; weil sie am wenigsten hilfe verdienen.

„Und doch, bevor Sie kamen, waren Sie hier, um mich zu warnen, dass ich Besuch von jemandem bekommen würde, der mir diesen Vorschlag machen würde, weil er ihn abgelehnt hatte. Dies ist der Fall und um ihm ein Beispiel für Formalität zu geben, sind wir anderen verpflichtet, ihn nachzuahmen.

"Womit hast du das gesagt? Fuchs ist ein Lügner und was passiert ist, dass er wegen bestimmter Angelegenheiten auf mich wütend ist und die Repressalien fürchtet, die ich mitnehmen kann, ich wiederhole, dass er ein Lügner ist und dass ich .. .

Alvin beendete den Satz nicht. Hinter ihm war ein kleiner Junge aufgetaucht, groß, beweglich, gutaussehend und ordentlich gekleidet, der mit kaltem Akzent fragte:

„Wer hat da geredet, meine Herren?

Alvin drehte sich schnell um und sah den jungen Mann an. Er kannte ihn nicht und mochte es nicht, wenn sich Eindringlinge in seine Angelegenheiten einmischten.

„Interessiert dich das, Freund?

„Ich weiß nicht, es hängt davon ab, mit wem Sie sprechen.

»Das ist Ihnen egal, denn es ist eine Sache zwischen Mr. Evanston und mir.

„Sehr gut, aber es wird von einem Dritten gesprochen und es werden starke Aussagen über ihn gemacht, willst du sie wiederholen?

Alvin antwortete wütend:

"Und warum nicht? Ich sagte, dass Herr Fuchs mich aus bestimmten Gründen hasst, und das hat ihn dazu gebracht zu lügen, dass ich ihm vor allen anderen vorgeschlagen hatte, auf seinem Land nach Öl zu suchen.

Gleens feine, aber energische Hand ergriff schnell das Revers von Alvins gut geschnittener Jacke und das Gegenüber fiel brutal auf seinen Mund, während der junge Mann mit schneidendem Akzent brüllte:

„Wiederhole das, wenn du es noch einmal wagst, du Schweinelügner.

Alvin, der mit der unerwarteten Aggression konfrontiert war, versuchte, den Druck dieser eisernen Hand abzuschütteln, während er versuchte, dem geworfenen Jungen den Schlag zu erwidern, aber dieser, der in der Schule gelernt haben muss, in der er Elemente des Boxens studierte, wich aus mit einer komischen Bewegung die Direktion, die Alvin ihm schickte, und er antwortete mit einem anderen auf das rechte Auge, eine violette Rosette mit welkender Schwellung des getroffenen Teils darin hochziehend.

Alvin rührte sich und griff nun nach dem Revolver, aber Gleen ließ ihn nicht. Schneller als er zerrte er mit der Waffe am Holster, warf es weg und brüllte:

„Die Männer, die es vermuten, zeigen es, indem sie mit ihren natürlichen Waffen kämpfen. Komm schon, verteidige dich, ich werde dich verprügeln, damit ich dir den Wunsch nehmen werde, wieder Lügen zu werfen, wie ich sie gehört habe.

Alvin, blind vor Wut von den erhaltenen Schlägen und dem Spott, den er ausführte, versuchte seinen Rivalen loszuwerden, der sich als gefährlicher erwies, als er von seinem Aussehen her schien, und stürzte sich blind auf ihn, aber die agile Gleen dominierte die Situation, gelassen und ohne Nerven wich er elegant allen groben Angriffsversuchen seines Feindes aus und nutzte sein schönes Fechten als Puncher, er nutzte alle Gelegenheiten, die sein Gegner ihm bot, um Schläge und Schläge auszuführen, die den ehemaligen Menschenhändler demoralisierten und brachen seine Kräfte, bis ihre Kräfte erschöpft waren.

Er spuckte Blut aus Mund und Nase, beschuldigte die violetten Flecken der harten Knöchel seines Gegners, schnaubte vor Angst und stieß jedes Mal unartikulierte Grunzen aus, wenn Schmerz sein Fleisch erschütterte. Er musste schreckliche Schläge einstecken und sah seinen Gegner zwei- oder dreimal kaum an.

Bis er einen Schlag in die Brust erhielt, fiel er zu Boden, wo er nach Luft schnappte, als würde ihm die Luft tödlich aus seiner Lunge fehlen.

Der Siedler, ein wenig blass, nahm an dem Kampf teil, ohne einzugreifen. Ich war beeindruckt von Gleens Eindringlichkeit, die ihn warnte, dass er, wenn er seine Verpflichtungen versäumte, ähnlichem ausgesetzt sein könnte.

Gleen sah, wie der ehemalige Menschenhändler fast zerstört wurde, sah ihn qualvoll am Boden wälzen und warnte:

„Dies ist eine erste Benachrichtigung, die Sie erhalten. Wenn Sie mich nicht kennen, sage ich Ihnen, dass ich der Neffe von Herrn Fuchs bin und alles weiß. Du warst bei meinem Onkel, um dasselbe vorzuschlagen, was er hier vorgeschlagen hat, und du warst wütend, als er sich weigerte und ihm sagte, dass niemand ihr Land öffnen würde, selbst wenn sie den Wert der Nationalbank in Öl sperren würden .

„Du hast gedroht, es woanders zu versuchen, und er hat dir gesagt, du sollst es versuchen, wenn du könntest.

Ich hätte mich auf nichts eingelassen, wenn ich ihn nicht so offensichtlich unaufrichtig gehört hätte. Sie sind mit Täuschung in diese Länder gekommen, wo sie bereits vor Ihrer möglichen Anwesenheit gewarnt wurden, aber aufgrund Ihrer Skrupellosigkeit musste ich eingreifen. Ich frage mich, welche Garantien diese Siedler hätten, wenn sie sich von ihren Sirenengesängen verführen ließen und ihre Vorschläge annahmen. Der Mann, der so abscheulich ist, dass er sich an die Täuschung wendet, um das zu erreichen, was er vorhat, betrügt sogar seinen Schatten in allen Aspekten des Lebens.

»Und jetzt ist es besser, wenn er von hier verschwindet, wenn er nicht will, dass etwas Größeres passiert. Das gesamte Becken hat sich verpflichtet, auf ihren Grundstücken keine Brunnen zu graben, und sie werden ihr Wort halten oder wegen ihrer mangelnden Ernsthaftigkeit bekommen, was sie verdienen. Sie sind gewarnt.

Er trat ein paar Schritte vor, nahm Alvins Revolver, feuerte ihn ab und warf ihn ihm vor die Füße. Dann fügte er hinzu:

„Wenn du mich das nächste Mal triffst, wenn du darauf beharrst, hier zu bleiben, beabsichtige nicht, dieses Ding wieder herauszunehmen, weil deine Hand leicht daran kleben bleibt und du es nie wieder benutzen kannst. Ich rate Ihnen wirklich, dass ich weiß, wie man mit einem Hengstfohlen umgeht, sowie ich mit meinen Fäusten umgehen kann.

Und er drehte sich um und verschwand, um auf die Ranch zurückzukehren, wo sie nichts von seinem gewaltigen Eingreifen in den Prozess wussten.

KAPITEL V

ANGST VOR KAMPF

Virginia war im Hof beim Mast, als Gleen wieder auftauchte. Die junge Frau sah ihn einen Moment lang an und schien eine gewisse Unordnung in der tadellosen Korrektur ihrer Kleidung zu bemerken. Da er wusste, wie sorgfältig er in diesem Aspekt seiner Präsentation war, kommentierte er:

„Was hast du gemacht, dass du ein bisschen unordentlich kommst, Gleen?

Er betrachtete seine Kleidung und versuchte, die Mängel zu korrigieren.

„Es hätte mehr sein können, aber zum Glück ist es nicht über ein bisschen Unebenheit in der Kleidung hinausgegangen. Ich hatte ein angenehmes Gespräch mit Ihrem Freund Alvin auf dem Land eines Siedlers in der Nähe Ihrer Weiden und konnte die kleinen Schäden nicht vermeiden.

Sie verstand sofort die Bedeutung der Sätze des Jungen und rief erschrocken aus:

„Gleen, du wirst mir nicht erzählen, dass du bei ihm geblieben bist.

„Nun, das ist nicht der richtige Ausdruck. Ich habe ihn nicht geschlagen, weil ich ihm nicht erlaubt habe, mich zu schlagen, sondern ich habe ihn geschlagen.

"Warum? Werden wir die Dinge mehr verschlimmern als sie sind?

„Ich weiß es nicht, und es interessiert mich auch nicht. Was ich weiß, ist, dass jeder, der vor mir schlecht über deinen Vater redet oder ihm Unwahrheiten zuschreibt, die Worte und die Zähne schluckt.

„Wie? Hat dieser Geier es gewagt, meinen Vater zu beleidigen?

„So etwas. Ich sagte, als ich ankam, dein Vater sei ein Lügner, wenn er behauptete, er sei zuerst hier gewesen, um meinem Onkel vorzuschlagen, auf seinen Weiden nach Öl zu suchen, und versuchte, andere daran zu hindern, Geld zu verdienen, weil er hatte zu viel Geld. Ich lud ihn ein, diese Unwahrheiten zu wiederholen, und als er es tat, zerquetschte ich ihm den Mund mit einem Schlag. Den Rest können Sie vermuten: Er hat versucht, sich gegen mich zu wenden, aber er ist so arm an Mitteln

im Kampf, wie reich Mann, der mit seiner ekelhaften Zunge umgeht, und ich habe
ihn geschlagen, dass ich ihn ein paar Tage halb ausgelaugt am Boden liegen lasse.Ich
hoffe, die Lektion passt, aber wenn nicht, desto schlimmer für ihn.

Virginia nahm Gleens Hände und sagte aufgeregt:

„Danke Gleen, du warst immer ein guter Junge und sehr dankbar für meinen Vater,
der dich wie einen Sohn liebt. Mehr brauche ich dir nicht zu sagen, denn wer meinen
Vater liebt, liebt mich und wer auch immer mein Vater liebt, mich auch. Sie haben
gut daran getan, ihn auf diese Weise zu verteidigen, denn wenn ich ein Mann und an
Ihrer Stelle gewesen wäre, hätte ich dasselbe getan.

„Ich glaube es, du bist auch mutig und es ist schade, dass du nicht als Mann geboren
wurdest. Nun, ich meine, wenn ich die Dinge aus der Sicht deines Vaters betrachte.
Für mich bin ich glücklicher, eine hübsche und freundliche Cousine wie dich zu
haben, als eine Kämpferin und mürrische Cousine. Als Frau ist man leichter zu
verstehen als als Mann.

„Nun, hör jetzt auf mit der Galanterie. Was denkst du wird passieren?

„Was weiß ich, Virginia? Es hängt alles davon ab, wie dieser Typ reagiert und die
Leute, die er mobilisieren kann, um für uns nach Komplikationen zu suchen. Er
allein könnte wenig tun, besonders wenn er keine Leute findet, die bereit sind, ihm
die Tests zu erlauben, von denen er träumt.“ von so viel.

„Du hast recht. Wir werden abwarten müssen, was er nach den Schlägen macht, die
du ihm gegeben hast. Ich hätte gerne gesehen, wie er mit seiner selbstgefälligen Art
zu kommen war. Er sah aus wie eine saubere Laus, wer hat… immer als besser oder
schlechter wohlhabender Bauer verkleidet.

„Du kannst es herausfinden, Virginia. Zumindest kann ich Ihnen versichern, dass es
mit dem Outfit, das er trug, schwer für ihn wäre, zu einem Meeting zu erscheinen.

Sie lachte über diesen Vorfall und Gleen stimmte in ihr Lachen mit ein, überrascht
von diesen Freudenäußerungen von Armor, der gerade auf der Ranch erschienen
war.

Erfreut über die gute Laune des Paares, fragte er weiter:

„Ist noch etwas übrig, damit ich auch an der Party teilnehmen kann?

Virginia trat vor und sagte:

„Ich denke, es ist noch viel für dich übrig, Dad. Wir haben über Alvin gelacht.

„Von Alvin?

„Ja, vor allem darüber, wie sein brandneuer Anzug nach den Schlägen war, die Gleen ihm kürzlich verabreicht hat.

„Wie? Was hast du mit Alvin gemacht?

„Dass ich Alvin geschlagen habe, Mann. Ich überraschte ihn, indem ich ihn beleidigte und Unwahrheiten über dich erzählte und er wagte es nicht, sie vor mir zu wiederholen, weil ich seinen Mund mit meinen Fäusten schloss.

Auf Drängen des Ranchers erzählte er ihm von dem Vorfall und Armor kommentierte:

„Ich danke Ihnen für dieses mutige Eingreifen, nicht nur als Demonstration dessen, was ihn erwartet, wenn er weiterhin Krieg gegen mich führt, sondern auch dafür, was für ein Beispiel und eine Bedrohung es für diejenigen bedeuten kann, die sich von Versuchungen überwältigen lassen, wenn" dieser Geier besteht darauf, dass Sirene singt. Unser Erfolg beruht auf der Einhaltung der Vereinbarung durch alle und es ist gut, dass sie wissen, dass sie, nachdem sie das Angebot als erste abgelehnt haben, das Recht haben, von anderen die Einhaltung zu verlangen, wie ich es tue. Ich fühle mich jedenfalls nicht ruhig. Alvin ist ein böses Wesen, und wenn er sich einredet, dass er allein nichts tun kann, fürchte ich, was er aus Rache tun kann. In solchen abnormen Situationen mangelt es nicht an skrupellosen Abenteurern, die für eine Handvoll Dollar zu den größten Gräueltaten fähig sind. Das gesamte Becken muss streng überwacht werden, um unvorhergesehene Erschütterungen zu vermeiden. Sie sind vielleicht nicht in der Lage, auf unserem Land nach Öl zu suchen, aber sie können Angriffe ausführen und denen, die sich weigern, ihre Projekte zu unterstützen, schweren Schaden zufügen, und wenn dies geschieht, mit welcher moralischen Kraft können sie ausgesetzt und gezwungen werden, für die Unterstützung Schadenersatz zu erleiden? Sie? Eine Haltung, die, wenn ich sie für alle förderlich erachte, nicht weiterhin alle für das Beste halten kann, besonders wenn ihnen schwere Verluste drohen? mit welcher moralischen Kraft können sie ausgesetzt und gezwungen werden, Schadenersatz zu erleiden, wenn sie sie unterstützen? Eine Haltung, die, wenn ich sie für alle förderlich erachte, nicht weiterhin alle für das Beste halten kann, besonders wenn ihnen schwere Verluste drohen? mit welcher moralischen Kraft können sie ausgesetzt und gezwungen werden, Schadenersatz zu erleiden, wenn sie sie unterstützen? Eine Haltung, die, wenn ich sie für alle förderlich erachte, nicht weiterhin alle für das Beste halten kann, besonders wenn ihnen schwere Verluste drohen?

„Wir werden zusehen, Mann. Genau, ich habe in diesem Urlaubsmonat nichts zu tun und es wird der Unterhaltung dienen, während ich auf einem Pferd reite und frische Luft schnuppern muss, was ich brauche.

Virginia protestierte:

„Nein, du trägst kein Elfenbeinhemd, Gleen.

"Warum nicht?

„Denn wenn Ihnen etwas zustoßen sollte, wissen Sie, welche Verantwortung es für uns tragen würde? Sie haben eine Mutter, auf die Sie aufpassen müssen, und das sind Sie ihr schuldig.

„Gut, aber das verdanke ich auch deinem Vater. Was wäre aus meiner Mutter und mir geworden ohne die großzügige und desinteressierte Hilfe, die er uns und vor allem mir gegeben hat, dass ich es ihm allein zu verdanken habe, wenn ich meine Träume, etwas im Leben zu sein, bald erfüllt sehe? Mein Vater hätte nicht mehr für mich getan und ich wäre undankbar, wenn er nicht versuchen würde, diesen Schutz mit dem einzigen Geld zu bezahlen, das ich mir leisten kann.

„Wir haben Männer zu unseren Diensten, die diese Mission erfüllen können.

„Ich zweifle nicht daran, aber wenn es darum geht, etwas aufzudecken, bin ich mehr verpflichtet als sie. Sie verlangen ein Gehalt für die Arbeit und unterliegen nicht mehr Exzessen, ich tue nichts Nützliches außer für mich selbst und sie bezahlen mich. Wir werden das nicht besprechen, weil du mich nicht überzeugen würdest, Virginia.

Der Rancher, erfreut über Gleens Worte und über ihre feste Entschlossenheit und ihren Mut, antwortete:

»Das werden wir studieren, Gleen. Wir alle können etwas Nützliches tun und es hängt von den Umständen ab.

Inzwischen hatte er in den Evanston-Ländern versucht, Alvin zu helfen, indem er ihn hochhob und zu einem Bach führte, wo er sein Gesicht waschen und von Blut reinigen konnte, aber das war keine Erleichterung. Er war wund, angeschlagen, voller Blutergüsse und Wunden, und seine Kleidung war halb zerrissen. Sehr schlechte Präsentation, um so in der Öffentlichkeit ausgestellt zu werden.

Aber er konnte nicht dort bleiben. Er brauchte eine lange Bettruhe, denn sein Kopf drehte sich und er fühlte schreckliche Qualen.

Mit heiserer Stimme sagte er zu dem Siedler:

„Dies wird der Prolog vieler und sehr tragischer Dinge sein, die hier passieren
werden. Den ersten Stich haben sie gewonnen, aber der letzte wird mir gehören und
jeder, der auf Fuchs' Seite steht, wird es bereuen müssen. Im Moment gehört der
Sieg Ihnen, aber wir werden später darüber sprechen. Was Sie angeht, denken Sie
darüber nach, solange es Zeit ist. Sie haben mich in den Kampf geworfen und es wird
ein Kampf geben, bis eine der beiden Parteien besiegt ist. Wenn Sie sich
entschließen, diese Verpflichtung zu brechen, wenn Sie bereit sind, zurückzukehren
und meine Pläne zu unterstützen, werden Sie vielleicht der Einzige sein, der
gewinnt, wenn Sie dies nicht tun, werden Sie mehr unter den Konsequenzen leiden.

Wie es möglich war, stieg er auf sein Pferd und steuerte langsam auf das Dorf zu. Er
hatte sich die Hutkrempe über die Augen gezogen, um sein furchtbar geschwollenes
Auge und einige andere Verletzungen in seinem Gesicht so gut wie möglich zu
verbergen.

Er ging direkt in sein Zimmer und legte sich ins Bett, wo er die Schmerzen der Hölle
litt, geplagt von den Schmerzen, die ihn quälten.

In der Abenddämmerung kam der Ingenieur, der die Umgebung der Stadt erkundet
hatte, um sich ein Bild davon zu machen, was dieser Teil des Staates als Ölbecken
von sich geben konnte. Die Anarchie, die in anderen Bereichen herrschte und die
mangels Weitsichtigkeit, genügend Plätze zu haben, um es zumindest bis zur
Verpackung einzudämmen, viel Öl verloren gehen ließ, veranlasste ihn, die
Möglichkeiten zu prüfen, diesen Verlust dort zu vermeiden , auf die Stellen
hingewiesen, an denen Sammelflöße improvisiert werden könnten, wenn das
schwarze Gold zwischen den Ufern beider Flüsse zu finden wäre.

Kaplans Überraschung war groß, als er Alvin im Bett entdeckte, mit einem
geschwollenen Auge und unzähligen Verletzungen im Gesicht.

„Was ist mit Ihnen passiert, Herr Sekely? "Ich frage.

Zitternd vor Wut und ein wenig verlegen über das Geständnis, musste er über
seinen Kampf mit Gleen Rechenschaft ablegen, obwohl er versuchte, ihn zu
verzerren, indem er sagte, er sei überraschend angegriffen worden, als er es nicht
erwartet hatte.

Der Ingenieur kommentierte:

„Ich habe Sie schon gewarnt, dass mir dieser Mann zu hart vorkommt und auch
nicht dumm ist. Wenn Sie alle Eigentümer des Raums verpflichtet haben, die
Erkundungen nicht zuzulassen und auch Männer haben, die sie einschüchtern und

zur Einhaltung der Vereinbarung zwingen, kann hier wenig oder nichts getan
werden. Warum gehen wir nicht weg oder versuchen das an günstigeren Orten?

„Weil ich mir bereits eine Frage des Selbstwertgefühls gestellt habe, um mit diesem
Kerl zu kämpfen, bis er am Boden liegt. Wenn er Macht hat, werde ich ihm zeigen,
dass ich auch noch einen ähnlichen mobilisieren kann und wir werden sehen, wer
die Schlacht gewinnt. Wie die Situation war, ist meine Eitelkeit bereit, alles zu
opfern, um den Kampf zu gewinnen, und ich würde alle Vorteile geben, die mir das
Öl bringen könnte, um es hier zu entdecken und diesen Kerl zu ruinieren. Ich habe
eine Beteiligung an mehreren kürzlich entdeckten Bohrlöchern und werde mich mit
dem Unternehmen in Verbindung setzen, damit sie mir diese Beteiligung abkaufen
und mir den Betrag geben können. Ich werde alles verwenden, um in diesem
Bereich zu handeln, bis ich den letzten Dollar aufgebraucht habe oder hart kämpfen
werde.

„Sehr gut, das ist etwas, da es nur von dir abhängt, kann ich nicht eingreifen. Meine
Mission hier ist im Moment vorbei und ich gehe morgen zu McAlester. Wenn es
notwendig wäre, wieder zurückzukehren, erteilen Sie mir den Befehl, denn ich
glaube, Sie können im Moment nichts lösen, und Sie müssen sogar einige Tage im
Bett bleiben, bis Sie wieder herauskommen möchten. Wie auch immer, ich weiß
nicht, was Sie tun können, wenn sich alle weigern, Sie Brunnen graben zu lassen.

„Ich werde sie dort öffnen, wo das Eigentum dieser Leute endet, oder eine Legion
von Abenteurern schicken, um sie aufzuschießen. Das Verfahren macht mir wenig
aus, solange ich das erreiche, was ich mir vorgenommen habe. Jedenfalls habe ich
mir ein Halbprojekt ausgedacht, das, wenn es funktioniert, vielleicht ein
Schattenschlag gegen Fuchs ist.

„Kann es bekannt sein, wenn es kein Geheimnis ist?

„Für Sie ist es das nicht, da Sie genauso interessiert sind wie ich, je mehr Öl, desto
besser. Meine Idee ist eine: Wenn sich aufgrund des Engagements niemand
entgehen lässt, kann es andererseits jemanden geben, der, wenn er seine Immobilie
zu einem guten Preis kauft, niemand daran hindern kann, sie zu verkaufen. Solange
ich nur einen finde, der es mir verkauft, habe ich genug für den Test.

„Ja, es ist die halbe Lösung, denn wenn kein Öl gefunden wird, wofür wollen Sie
dann dieses Land?

„Ich würde es wieder verkaufen, auch wenn ich Geld dafür verlieren würde. Es
würde jemanden geben, der in der Gewissheit, dass dies nicht bedroht ist, es
erwerben würde, um es weiter zu kultivieren. Sie wissen, dass nicht jeder eine
Vorliebe für Öl hat.

"Einverstanden. Sie machen mit Ihrem Geld, was Sie wollen, aber denken Sie darüber nach. Er wird in einen Kampf geraten, in dem er auf Kosten von Exposition und Arbeit verlieren könnte, was er gewonnen hat, und kann auch Zeit verlieren und damit, Möglichkeiten, das Glück, das ihn bisher als Wildfänger begleitet hat, weiter auszunutzen.

„Wenn es stimmt, dass ich Glück habe, kann mich das auch hier begleiten. Sie wissen nicht, dass dies ein Glücksspiel ist, bei dem wir alles blindlings riskieren. Welchen Unterschied macht es in diesem Fall an einem Ort als an einem anderen? Aber bedenke, dass, wenn ich dich hier erreichen würde, wo noch niemand zum Erkunden gekommen ist, sobald der erste Brunnen etwas Öl hervorbrachte, mein Glück völlig verloren wäre, denn ich würde allen voraus sein und das ganze Land pachten An die Firma. . Sie wissen nicht, was in Osttexas passiert ist. Es gab viele Jahre, in denen Geologen behaupteten, dass es dort Öl gebe, aber niemand konnte es finden. Mehrere Unternehmen traten bei, gaben nutzlos Millionen aus und schließlich, vor nicht allzu langer Zeit, ein bescheidener Wildfang, der sein Geld riskierte, Brunnen zu bohren, von denen zwei trocken waren, als er seinen letzten Dollar ausgab, um den dritten zu eröffnen.

„Stimmt, aber was ist mit denen, die das, was sie hatten, verbraucht und verloren haben, ohne Gewinn zu machen?

„Wir kehren zum Glück zurück. Wenn ich es so habe, wie es bisher gezeigt wurde, möchte ich es nicht aufregen. Dass sie mir folgt, wohin ich sie bringe, das ist ihre Pflicht

"Vollkommen. Nach dem Gesagten habe ich nichts mehr zu sagen, außer dass es eine Sache ist, allein gegen das Unbekannte zu kämpfen, was die Erde in ihren Eingeweiden hält, und eine andere, gegen den bewaffneten Willen vieler Menschen zu kämpfen, die bereit sind, zu kämpfen verhindern, dass es versucht wird, es ist eine doppelte Chance zu laufen und vielleicht fordert es viel von seinem Glück, das ihn bisher begleitet hat.

"Wir werden sehen. Über Feiglinge wurde nichts geschrieben und ich bin es auch nicht, obwohl es den Spuren nach scheint, dass ich mich von jemandem überwältigen lasse. Diese Schläge werde ich in Pik wiedergeben und für einige werden sie schmerzhafter sein.

„Wenn Sie also etwas für McAlester wollen, lassen Sie es mich wissen.

"Ja, sprechen Sie mit Mr. Qualen und bitten Sie ihn, den Betrag zu prüfen, den sie mir für meine Teilnahme an den von mir entdeckten Brunnen geben können. Sagen Sie ihm, er soll ihn so hoch wie möglich bezahlen, denn es ist Geld, das ich verwenden werde." und dass, wenn ich wohlhabend bin, das, was er entdeckt, dem

Unternehmen angeboten wird und keinem anderen. Denken Sie daran, dass das Geschäft für die Oklahoma Oil Company großartig sein kann, wenn Öl hier herauskommt, wo es keine Konkurrenz gibt.

„Keine Sorge, das sage ich dir.

„Ich glaube nicht, dass ich Ihnen von den Vorfällen erzählen muss, die passiert sind. Dies ist ein besonderes Anliegen von mir außerhalb des Geschäfts, das keinen Einfluss auf das Unternehmen haben kann. Und in einer Woche hoffe ich, dorthin zurückzukehren, um unseren Deal abzuschließen und an diesen Ort zurückzukehren, um den Kampf erneut zu beginnen.

Am nächsten Tag verließ der Ingenieur Wesley, um zu den Büros der Gesellschaft zurückzukehren, um über seine Mission zu berichten und zu präsentieren, was Alvin ihm aufgetragen hatte.

Der Ingenieur war weniger optimistisch als der ehemalige Händler und hatte das Gefühl, dass Alvin aus von Anfang an missverstandenem Stolz in ein Hornissennest geraten würde, das sein moralischer und materieller Ruin sein könnte.

Trotzdem bewunderte ich ihren Mut und ihre Entschlossenheit. Öl erwies sich wie Gold als ein mutiges und starkes Geschäft, bei dem die Härtesten und Risikoreichsten einen großen Vorteil hatten. In diesem Sinne hatte die Wildkatze die Nerven und das Korn, um mit einer so heiklen Situation umzugehen.

KAPITEL VI

LIEBE AUS VERSCHIEDENEN EBENEN

Fast zwei Wochen vergingen, ohne dass Alvin wieder Lebenszeichen zeigte, und es passierte nichts Bemerkenswertes.

Da Fuchs Alvin jedoch nicht traute, hatte er eine Sonderwache aufgestellt, die die Prärie absuchte und nach verdächtigen Bewegungen Ausschau hielt.

Währenddessen erholte sich Gleen, der nur die Bücher für eine Weile vergessen und frische Luft atmen musste, indem er draußen trainierte, von seiner kleinen Schwäche und wurde stärker und temperamentvoller.

Um die Langeweile abzulenken, ritt er oft mit Virginia zu Pferd. Gleen fühlte sich sehr zu ihr hingezogen, obwohl sie darauf achtete, die normalen Grenzen, die ihr durch ihre besondere Situation in Bezug auf ihren Onkel und Beschützer auferlegt wurden, nicht zu überschreiten.

Er schuldete ihm alles, ihm fehlte alles, und er konnte nur hoffen, eines Tages ein angesehener Anwalt zu werden und Geld zu verdienen, aber das war noch in weiter Ferne.

Auch Virginia hatte eine Vorliebe für den Jungen. Er hatte viele Gelegenheiten gehabt, seine verschiedenen empfindlichen Fasern zu berühren, und er schmeckte gut, lernbegierig, mit edlem Eifer, sich im Leben zurechtzufinden, und dies gepaart mit der Tatsache, dass er angenehm im Umgang war, witzig im Gespräch und außerdem gutherzig war des Menschen. , hat diese Attraktion stark beeinflusst.

Eines der Morgen, als sie durch die einsame Wiese spazierten, kommentierte Gleen:

„Das scheint sich beruhigt zu haben, aber ich vertraue nicht viel. Ich vermute, dass das alles daran liegt, dass ich diese Kröte viele Tage in einem Loch versteckt gelassen habe und sie nur darauf wartet, ihren Stachel in die Sonne bringen zu können. Ich hatte das Gefühl, dass all dies explodierte, als ich gezwungen war, zu meinem Studium zurückzukehren.

"Warum?

„Weil ich am Krawall teilnehmen möchte. Das fällt einem armen Jurastudenten nicht leicht.

„Sie kämpfen mit dem Code in der Hand und ich weiß nicht, ob Sie mit dieser Waffe furchterregender sind als mit einem .45er Hengstfohlen.

„Es ist keine Übertreibung, Virginia. Wir verteidigen das Recht derer, die nicht mit Schusswaffen oder scharfen Waffen angegriffen werden, sondern mit schlechten Tricks, denen nur mit der Anwendung und Auslegung des Gesetzes entgegengewirkt werden kann.

„Erzähl mir nicht, dass alles, was du verteidigst, immer fair ist. Gibt es eine Person, die einem Anwalt überlegen ist und in der Lage ist, zu zeigen, dass Weiß Schwarz ist?

„Nun, vielleicht ist es nicht ganz weiß, aber auch nicht ganz schwarz. Allenfalls kann man uns dafür kritisieren, dass wir den Teil der Farbe, den wir verteidigen wollen, stärker hervorheben.

„Ich mag keine Anwälte, Gleen.

„Wir sind nicht alle hässlich", sagte er mit Absicht, „manche sind sogar hübsch und elegant.

„Senken Sie sich nicht, denn ich werde nicht derjenige sein, der in diesem Fall als Anwalt amtiert und den Teil der Farbe hervorhebt, der Ihnen am besten passt.

„Sie irren sich und es tut mir leid, denn welchen besseren Anwalt könnte ich für meine armen Klagen finden?

„Ich bezog mich nicht auf den Typ, sondern auf den Beruf.

„Es muss alles auf der Welt geben, Virginia.

„Warum und wofür? Es gibt Tiger und Löwen und giftige Schlangen, willst du mir sagen, wie nützlich sie für die Menschheit sind?

„In einem Zoo sind sie für die Augen immer ein exotischer und abgelenkter Anblick.

„In diesem Fall sollen sie auch die Anwälte in Käfige sperren, damit wir sie als zur Impotenz reduziertes Ungeziefer sehen können.

„Du bist schrecklich, Virginia.

„Ich sage, was ich denke. Ich weiß nicht, warum mein Vater, als er sich entschloss, dir zu helfen, dich nicht auf die Ranch gebracht und dich in seinen Aufgaben wie logisch aufgedrängt hat. Du hättest das verstehen gelernt, um es zu verteidigen und mit Mut dafür zu kämpfen.

„Beabsichtige ich, etwas anderes zu tun, als dafür zu kämpfen?

„Nicht; du würdest für meinen Vater und für mich kämpfen, was nicht dasselbe ist.

„Für dich und deinen Hof, aus dem ich herausgeholt habe, was ich nicht verdient habe, um mein Studium fortzusetzen. Sag keine Dinge, die mich verletzen.

„Du verstehst mich nicht. Ich meinte, dass du hier dir selbst und meinem Vater nützlich gewesen wärst.

„Wenn er mich gefragt hätte, hätte ich es geliebt, aber dein Vater weiß genug, um dein Eigentum zu verteidigen, und er würde es nicht tun. Wenn er mich hierher gebracht hätte, hätte ich alles über Rinder gelernt, aber was hätte ich logischerweise in meiner Position gewonnen, egal wie hoch sie war? Ein anständiges Gehalt nicht mehr, denn alles, was mir mehr gegeben hätte, wäre gnädig sein Neffe zu sein, aber nicht für meine Position. Auf der anderen Seite verdienen Sie als Rechtsanwalt viel Geld, wenn Sie zeigen, dass Sie Ihren Beruf auskennen und bereit sind, schwierige Anliegen zu verteidigen. Große Unternehmen, die immer zu großen Konflikten neigen, suchen mit Interesse jemanden, der sich in dieser Hinsicht auszeichnet und ich strebe an, eines Tages Anwalt für eines der renommiertesten Unternehmen zu werden. Wenn das kommt, wirst du sehen, ob ich in kürzester Zeit ein Vermögen verdiene.

„Ich werde mich sehr für dich freuen. Da Sie diesen Weg eingeschlagen haben, wünsche ich mir, dass Sie einen Palast in Oklahoma haben.

„Wenn ich es habe, werde ich Sie einladen, darin zu leben.

„Glaubst du, dass ich dazu diene, in einer guten Gesellschaft gut auszusehen?

„Sie dienen dazu, die hübschesten und vornehmsten Frauen, die überall auftreten können, in den Schatten zu stellen.

„Sind das nicht die Augen, mit denen du mich ansiehst?

„Die Augen, mit denen ich dich anschaue, würden viel mehr sagen, so viel, dass es keine Worte gäbe, um es zu übersetzen.

„Hören Sie mit dem Bericht auf, Mr. Lawyer, er ist aus den Angeln gehoben.

„Nein, weil ich eine Klage verteidige, die mich betreffen könnte.

„Ja? In welchem Sinne?

Nach kurzem Zögern antwortete er:

"Hör zu, Virginia. Wenn ich nächstes Jahr mein Studium abschließen würde, wenn ich schnell beweisen würde, dass ich mehr wert bin als viele andere und es schaffen würde, von einer großartigen Firma eingestellt zu werden, die mir ein fabelhaftes Gehalt und einen beneidenswerten sozialen Status beschert, hätten Sie ein Problem? die Ehefrau dieses angesehenen Anwalts zu sein?

Sie zögerte auch, bevor sie antwortete und sagte schließlich:

„Ich würde es nicht akzeptieren.

„Warum? fragte er schmerzlich. Für mich oder für meine Karriere?

„Für Ihre Karriere.

„Was können Sie ihr unter den Bedingungen entgegensetzen, die ich Ihnen erklärt habe?

„Ich muss nur einer Sache widersprechen. Eine prächtige Ranch, deren Erbe ich sein werde, und darin ein Zuhause, das ich mit Übermaß liebe.

"Aber erkennen Sie, dass Sie ein junges, schönes, attraktives und elegantes Mädchen sind und sich hier in einem sehr großen und sehr offenen Käfig verzehren, aber endlich ein Käfig, ohne Ablenkungen, ohne Gesellschaft, ohne diese Freuden, die Ihnen bieten? die Welt und dass sie für eine Frau wie Sie die größte Attraktion sein müssen?

„Das ist möglich, aber das hat auch seine Reize. Ich reite gerne, fahre durch die Landschaft, atme die reine Luft der Prärie oder der Weiden ein und fühle mich wie der Besitzer des Käfigs, den du erwähnst, ohne dass jemand hineinkommt, wenn ich nicht will und ohne die Konventionen und Tyranneien des gesellschaftlichen Lebens.

„Wenn ich zustimmen würde, dich unter diesen Bedingungen zu heiraten, hast du dir überlegt, was für ein Leben ich führen müsste? Sie wäre die Frau des großen Anwalts, der nur Zeit für seine Prozesse hätte, wenn es zu ihm kam." Er verbrachte den Tag von einem Ort zum anderen, suchte nach Papieren, Daten, Beweisen, nahm

Aussagen an, verteidigte Klagen und die Nächte musste er viele Stunden Schlaf stehlen, um seine Berichte, seine Verteidigungen vorzubereiten, sich an das und das zu erinnern Artikel des Kodex, interpretiere sie, verdrehe sie, zähme sie auf seine Weise und er würde am Ende müde und erschöpft spät in der Nacht ins Bett gehen, früh aufstehen und dasselbe von vorne beginnen.

»Wenn wir Kinder hätten, würdest du sie im Vorbeigehen sehen, einen Kuss und sie von hier wegschaffen, sie stören mich, sie lassen mich nicht arbeiten, ich muss diesen Bericht für morgen vorbereiten. Es wäre besser, sie in ein Internat zu schicken, wo sie zu Männern für morgen werden, Männer als Maschinen wie ihr Vater, um Geld zu verdienen und es nicht genießen zu können, nach ihrem Belieben und sogar um sich nicht mehr als kleinem widmen zu können und flüchtige Momente für ihre Frau und dies manchmal, einen Eiljob oder ähnliches zu opfern.

Nein, Glen. Als Mann schätze ich dich sehr, ich denke, du wärst ein idealer Ehemann, aber als Anwalt hasse ich dich und möchte nichts von diesen ehrgeizigen Plänen wissen, die dich zu einem Automaten und mich zu einem Märtyrer machen würden .

»Ich will einen Mann der absoluten Freiheit, hier auf diesen Weiden, zu Pferd, der sie im Galopp führt, die Arbeit seiner Arbeiter übernimmt, sie dirigiert, was immer du willst, aber frei von Bewegung, denn das alles würde nicht verhindern mich davon ab, an Ihren Fingerspitzen zu sein. Seite ständig, denn dafür gibt es mehr Pferde, die neben dir reiten können.

Und dann, wenn die Sonne unterging, wenn der Nachmittag starb, das Vieh ruhte und weder Ihre Wachsamkeit noch Ihre Anstrengung brauchte, dann die beruhigende Ruhe der Ranch, Abendessen zu festen Zeiten, ohne Schrecken und Eile, ohne dringende Meldungen, dass alles überfahren werden und wenn es Kinder gab, mehr als genug Zeit, sich um sie zu kümmern, sie zu streicheln, mit ihnen zu spielen und sie sanft ins Bett zu legen und sie bis zum Einschlafen zu wiegen.

»Ist dir klar, was das für eine Frau bedeutet, die kein Geld will, weil sie es hat und die sich andererseits uneingeschränkte Liebe wünschen würde, den geliebten Mann jederzeit an ihrer Seite hat und weiß, dass sie glücklich, agil ist , stark, ohne Sorgen, ohne Ihre Augen im Licht der Lampe bis zum Morgengrauen zu verzehren, Artikel des Kodex zum Wohle anderer auszulegen?

Nein, Glen, nein. Ich interpretiere Liebe und Ehe so und gebe es nicht anders zu. Ich warne Sie, damit Sie sich bei der von Ihnen vorgenommenen Änderung keine sehr logischen Illusionen machen, die sich jedoch von der, die ich leite, stark unterscheidet.

Gleen, die angespannt war, als er sie hörte, rief aus:

„Virginia, weißt du, wie es wäre, deinem Vater zu sagen, dass ich meine Karriere aufgeben würde, nachdem er die Opfer und die Kosten aufgegeben hatte, um mich dazu zu bringen, sie zu beenden? Wenn er überhaupt das Geld hätte, das er für mich ausgegeben hat, um es ihm zurückzuzahlen, würde es nicht schaden, aber so ...

„Ich bitte dich nicht, deine Zukunft aus dem Fenster zu werfen, Gleen; Sie haben mir also einen klaren Vorschlag gemacht, und ich habe mich beeilt, Ihnen meine Ansichten zu diesem Thema darzulegen. Da Sie nichts falsch machen können, können Sie sich eine Vorstellung davon machen, was passieren würde, wenn Sie diese Idee ernst nehmen.

„Glaubst du, er meinte es nicht ernst?

„Es ist eine Sache, es ernst zu nehmen und eine andere, ernst zu sein. Du hast eine Zukunft fast zum Greifen nah vor dir und es ist nicht deine Karriere, dass du eine Frau opfern musst, sondern im Gegenteil, wenn auch nicht einmal das, denn ich bin mir sicher, dass es viele geben wird, die anders denken als ich und für sie ist das der Gipfel des Glücks. Wenn Sie Ihren Traum wahr gemacht haben, wird Ihnen die Frau nicht fehlen, die mit Ihrem Büro, mit Ihren bestickten Sneakers und mit Ihrem Abendkleid harmoniert, wenn das zweihundertjährige Jubiläum der Proklamation unserer Unabhängigkeit gefeiert wird.

„Sei nicht sarkastisch, Virginia.

"Ist das nicht; ist, dass ich das Drama auf diese Situation reduzieren möchte, ein wenig albern.

„Du wirst sagen, ein bisschen grausam. Ich hatte immer den Gedanken, deine Liebe einfangen zu können, wenn du es so wolltest und dein Vater es akzeptiert hat. Verstehe, dass ich nicht das Recht hätte, dir einfach vorzutäuschen, vor allem, was dein Vater für mich getan hat. Es wäre so viel wie angenommen, ich wollte den Heiligen und die Almosen gewinnen.

„Ich verstehe Ihre Skrupel und Ihre Ansichten; Ich hoffe du verstehst meine wiederum.

„Es ist so schwer für mich, sie zu verstehen ...

„Natürlich, denn als zukünftiger guter Anwalt wollen Sie den Rechtsstreit zu Ihren Gunsten lösen, ohne die Gründe des Gegenübers zu berücksichtigen.

„Nein, Virginia, Gott weiß, dass es nicht daran liegt, sondern weil ich dich und für mich liebe, wäre es ein spirituelles Versagen, die Möglichkeit dieser Liebe zu verlieren, nicht weil etwas in meiner Person als Mann ist, das" weist mich zurück, aber wegen dieser Vorurteile behauptest du soziale Ansprüche.

„Lebensvorurteile, Gleen. Ich habe dir eine Situation gemalt, wie ich sie mir vorstelle und wenn du eine Frau wärst, würdest du denken, wie ich denke.

„Es ist immer übertrieben.

„Manchmal dafür und manchmal dagegen. Vielleicht würde die Realität zeigen, dass ich es versäumt hatte, dieses Panorama zu zeichnen.

„Ich würde versuchen, es nicht so düster zu machen, wie du es dir vorstellst.

„Vielleicht auf Kosten von Opfern Ihrerseits und Ihrer Arbeit nicht mit der nötigen Intensität. Sie würden vor einer solchen Alternative sehr leiden und ich bin nicht so egoistisch, dass ich versuche, um meinen Geschmack zu befriedigen, jeden dazu zu bringen, seine Bedürfnisse zu opfern.

„Ich sehe, dass du nicht reduzierbar bist.

„Wer weiß, ob man sich ändern kann.

„Wer weiß, ob man sich selbst ändern kann.

„Ich habe dir einen Grund gegeben, der mich fesselt.

„Nun, zieh die Kette oder breche sie, wenn du kannst. Ich denke, wir sollten das Thema fallen lassen, Gleen.

"Wenn es dein Geschmack ist...

„Es ist kein Geschmack, es ist eine Notwendigkeit und gut für uns beide. Warum sich mit unlösbaren Problemen quälen? Sie haben eine schöne Zukunft vor sich und es werden Ihnen keine würdigen Frauen fehlen. Vielleicht verliebt sich die Tochter eines Öl- oder Bankmagnaten in Sie und eines Tages sehen wir Sie als Senator oder so.

„Mach dich nicht lustig. Ich habe keine Ambitionen zu erscheinen.

„Sie sind verpflichtet, sie in diesem Bereich zu haben. Da Sie sie nicht haben werden, würde es auf diese Weiden gelegt und sich um einen Haufen gekümmert. Ich kann einen Mann finden, wenn nicht derselbe, etwas Ähnliches, der mir im Austausch dafür, dass er mir einige Dinge nicht geben kann, andere gibt, die näher an dem sind, was ich will.

„Es ist so, dass ich mich nicht dazu bringe zu glauben, dass du eines Tages in den Armen eines anderen Mannes sein könntest.

Und was ist mit dir von einer anderen Frau?

„Ich strebe nur nach einem von Ihnen.

„Sie sind auch in Ketten, Gleen. Sie konnten Sie nicht so willkommen heißen, wie Sie es sich wünschen.

„Oh, du bist grausam!

„Ich bin aufrichtig, warum sollte ich dich betrügen?

Der grelle Dialog wurde plötzlich unterbrochen. Sie hatten die Ranch erreicht und Armor, der von den Weiden zurückkehrte, schnitt ihnen den Weg ab.

Der Rancher begrüßte sie mit Freude:

„Hallo Leute, geht ihr spazieren?

„Ja, Dad. Wir sind an der Reihe, zuzusehen; Ruhe an allen Fronten, Herr Fuchs.

„Senken Sie Ihre Hand, Sergeant“, sagte Armor, während sie die militärische Geste des Mädchens beobachtete und ihre hübsche Hand zu einem komischen, vorschriftsmäßigen Gruß an ihre Schläfe legte.

„Auf Ihren Befehl, mein Kapitän.

„Wir haben auch nichts Auffälliges festgestellt. Ich kann Alvins Schweigen nicht erklären.

„Vielleicht wird er eines Tages aufschreien, um sich für die ganze Zeit, in der er inaktiv war, zu rächen.

„Es ist möglich. Jedenfalls bin ich ein paar Mal um das Becken herumgelaufen und habe mit den Siedlern und Viehzüchtern gesprochen, aber niemand hat wieder solche Besuche bekommen.

„Nun", antwortete Gleen, „ich denke, es ist besser abzuwarten, wo sie atmet. Wenn etwas passieren soll, würde ich mich freuen, wenn es bald explodiert, denn es würde mir leid tun zu gehen und meine arme Hilfe wäre nötig.

„Es ist besser so, Gleen. Es könnte Sie etwas berühren, das Sie nicht brauchen und Ihre Zukunft verderben. Ich möchte Ihrer Mutter gegenüber keine Verantwortung übernehmen, und ich denke sogar, dass Sie jetzt, da Sie sich ein wenig erholt haben, zu ihr gehen sollten.

„Das werde ich nicht, weil es dich erschrecken würde. Er weiß nicht, dass ich diesen Urlaub genieße und glaubt, dass ich studiere. Wenn die Sommerferien kommen, die nicht lange dauern, dann werde ich sie besuchen, und es braucht sie nicht aufzurütteln. Meine Mutter würde nicht glauben, dass es mir schon gut geht und würde gequält von dem Verdacht, dass ich ein inneres Übel habe. Ich kenne sie sehr gut und weiß, was sie denken würde.

„Damit zwinge ich Sie nicht, etwas zu tun, was Sie nicht für angemessen halten.

Und die drei betraten die Ranch, ohne dass Armor die Aufregung ahnen konnte, die die beiden jungen Männer erfasste.

KAPITEL VII

EIN ERFOLGREICHER TRICK

Plötzlich tauchte die erste steinbeladene Wolke über der Stille auf. Einer der Siedler, ganz in der Nähe von Fuchs' Ranch, kam zu Fuchs, um mit ihm zu sprechen.

Der Rancher vermutete, dass etwas Ernstes in der Atmosphäre zu schweben begann und ihn anstarrte, fragte er:

„Was wollten Sie, Mr. Long?

„Erzähl dir einfach etwas, das ich sehr interessant finde. Wie alle anderen habe ich versprochen, auf meinem Grundstück keinen Brunnen graben zu lassen, um nach Öl zu suchen, und ich verstehe, dass ein Mann, wenn er sich zu einer Sache verpflichtet, diese erfüllen muss.

„Ich freue mich, dass Sie so denken, Mr. Long.

„Ich denke so, aber zwischen Gedanke und Realität klafft eine Kluft.

"Was meinen Sie?

„Sie wissen, dass Sie sich gegenseitig unter Druck setzen und nach dem Schwachpunkt suchen, um zu dieser Möglichkeit zu gelangen, hier nach Öl zu suchen. Es ist notwendig anzunehmen, dass die Hinweise, die sie über ihn haben, sehr sicher sind, um dieses Interesse zu zeigen, es hier genau sprießen zu lassen.

„Darüber müsste man reden.

„Vielleicht, aber es gibt unmittelbarere Realitäten. Mir wurde ein Vorschlag und eine Drohung gemacht. Der Vorschlag ist, meine Immobilie zu einem dreimal höheren Preis als dem natürlichen zu kaufen. Wenn ich nicht akzeptiere, droht mir eine Reihe von Sabotageaktionen und intensiven Repressalien, bis sie das erreichen, was sie vorgeschlagen haben.

»Und Sie müssen verstehen, dass jemand, der relativ arm ist, da mein Besitz bescheiden ist, nicht einem Tag ausgesetzt sein kann, wenn er meine Ernten verbrennt oder mein Land vergiftet, damit er nicht produziert, und wer weiß, ob er mich sogar verfolgen könnte, um mich zweimal zu erschießen . seinen Rücken und unterdrücke mich als Hindernis für seine Ambitionen.

„Soweit wir wissen, handelt es sich bei der Ölfundgeschichte um eine zweite Ausgabe des Goldfunds. Leidenschaften werden entfesselt, Egoismus explodiert und alle Mittel sind gut, um die Ziele zu erreichen.

Und das ist mein Dilemma. Ich bin nicht in der Lage, meine Verpflichtung zu brechen, aber ich bin nicht bereit, ruiniert oder aus dem Weg geräumt zu werden. Aus diesem Grund ist der praktischste Weg, meine Verpflichtung zu erfüllen und Schaden zu vermeiden, das Kaufangebot, das sie mir machen, anzunehmen und von hier aus an einen anderen Ort zu gehen,

»Ich habe versprochen, auf meinen Feldern keine Brunnen graben zu lassen, aber ich habe nicht versprochen, mein Eigentum nicht zu verkaufen, wenn sie mich gut bezahlen und ich es verkaufen werde.

»Aber vorher habe ich es für eine Pflicht gehalten, Sie über die Situation zu informieren, damit Sie vorbereitet sind. Sie haben einen Kampf mit Elementen geführt, die Sie vielleicht nicht gut kalibriert haben, und vielleicht haben Sie die Kraft, diesen Kampf zu akzeptieren. Ich habe sie nicht und ziehe mich zurück, bevor ich ein Opfer dieses Kampfes werde.

Fuchs, der mit zusammengebissenen Zähnen zugehört hatte, sagte barsch:

„Lange, warum bist du so ein Feigling?

„Es wird daran liegen, dass ich so geboren wurde. Ich bin kein Feigling, aber ich bin auch kein Hund. Ein Schaden entsteht immer aus jedem Kampf und kann bewältigt werden, wenn dieser mögliche Schaden geringer ist als die Entschädigung, aber wenn dies nicht der Fall ist, ist es dumm zu kämpfen, zu entlarven und zu verlieren. Wenn sie mir den dreifachen Wert meines Landes geben, vermeide ich Kämpfe, Gefahren und Verluste. Ich kann mich an einem ruhigeren Ort niederlassen und besser leben. Was finden sie Öl? Gut für sie. Was scheitert? Nun, warte, denn sie wollten es so. Ich werde gerettet haben, was mir gehört, und niemand wird mich beschuldigen können, ein Verräter oder ein Dummkopf zu sein. Und das ist es, was ich Ihnen sagen möchte. Sie haben vereinbart, in zwei Tagen mit dem Geld und der Urkunde zurückzukehren, um mein Land in Besitz zu nehmen. Als verkauft gehören sie nicht mehr mir, ich breche den Pakt nicht, wenn jemand fehlt,

Fuchs brüllte. Er verstand die Gründe des Siedlers und wusste nicht, wie er diese schreckliche Lücke füllen sollte.

Weil er dem Kolonisten durch ein Opfer sein Eigentum zu dem Preis kaufen konnte, den Alvin ihm bezahlt hatte, denn er war sicher, dass Alvin mit dem Geld der Ausbeuterfirma hinter ihm dieses Angebot machte, aber was sollte er? um diesen Schlag zu stoppen und das Geld in diesem Land zu verwenden, das ihm nichts nützte, wenn es neun andere Eigentümer im Becken gäbe und das Angebot auf einen anderen und einen anderen übertragen werden könnte, bis sie alle in Anspruch genommen würden? Er würde das ganze Land meilenweit zum dreifachen Preis kaufen müssen, und dafür hatte er nicht das Geld.

Deshalb versuchte er, den Siedler davon zu überzeugen, das Angebot nicht anzunehmen, und versprach, ihn und seine Ernte zu schützen, um Vergeltungsmaßnahmen zu vermeiden.

Aber der Kolonist war nicht überzeugt. Die Wirksamkeit dieser Verteidigung war sehr problematisch, aber selbst wenn sie sie als sicher betrachtete, gab es andere Gefahren, vor denen sie ihn nicht warnten.

Eine war, dass, wenn sie woanders Öl fanden und das Becken in eine riesige Lagune verwandelte, ihr Land austrocknen würde, und wenn später auf ihrem Grundstück kein Öl aufkam, hätten sie alles verloren. Die andere Gefahr bestand darin, dass er in diesem Moment den dreifachen Wert seines Landes haben könnte, ohne zu kämpfen, und dann konnte er nichts mehr haben.

Daher sah ich keine andere Lösung als eine. Der Erwerb Ihrer Immobilie durch denjenigen, der am besten zahlt.

Fuchs, von dumpfer Wut überwältigt, antwortete:

„Okay, Mr. Long. Da wir noch achtundvierzig Stunden Zeit haben, um die Sache zu studieren und zu entscheiden, werden wir uns unterhalten.

"Sehr gut. Wie Sie verstehen werden, habe ich mich zuerst dem Angebot widersetzt, ein Teil zu mieten, um den Test zu versuchen, das Geld zu verlieren und wer weiß, ob sogar das Öl darin gefunden wurde, das mehr Geld wert gewesen wäre. Ich wollte Seien Sie allen und mir selbst treu, aber wenn die Dinge diese Wendung nehmen und Bedrohungen und große Verluste eintreten, ist es sehr menschlich, sich vor all dem zu schützen.

„Okay, Long, ich übernehme Ihre Standpunkte und kann Sie nicht tadeln, denn wenn ich ein Kriterium habe, kann ich es anderen nicht mit Gewalt aufzwingen. Ich danke Ihnen zumindest dafür, dass Sie mir Ihre Entscheidung mitgeteilt haben, damit ich die Mittel zur Vorbeugung untersuchen kann. Vielleicht haben Sie nicht bedacht, was dieser Verkauf für die Wirtschaft und das Gemeinwohl bedeuten kann, aber es ist logisch, dass jeder die Dinge nach seiner Bequemlichkeit sieht. Ich weiß nur, wie ich ihm sagen kann, dass dies alles aus einem persönlichen Kampf zwischen mir und dem Händler entstanden ist, der die Öltanker vertritt, und dass Öl damit nichts zu tun hat, denn in Wirklichkeit wissen weder er noch sonst jemand, ob es so ist existiert hier. Er will sein Glück versuchen, wie er es an anderen Orten getan hat, und will mich, wenn er kann, mit Öl als Waffe ruinieren. Was wird das Ende des Kampfes sein, weiß ich nicht,

„Ich kümmere mich um Ihre Einstellung, Mr. Fuchs, vielleicht würde ich das gleiche denken, wenn ich eine Ranch wie Ihre hätte.

Der Siedler machte sich bereit zu gehen. Fuchs warnte:

„Ich hoffe, Sie zu sehen, bevor alles fertig ist.

„Ich freue mich, dass Sie eine praktikable Formel finden, die Ihren Ansichten entspricht.

Wenig später teilte der Rancher Virginia und ihrem Neffen die beunruhigende Nachricht mit, die Long gerade mitgeteilt hatte. Die drei sahen sich unbehaglich an.

„Was denkst du kann man tun, Dad?", fragte Virginia. Damit hatten wir nicht gerechnet.

"Eigentlich nicht. Aber ich habe immer die Abwanderung von jemandem gefürchtet, obwohl dieser Mann in diesem Fall ein Recht ausübt, das ihm niemand verweigern kann. Wenn er wüsste, dass nur er und niemand sonst sich von solchen Angeboten verführen lässt, würde er verlieren." dieses Geld, indem er sein Land kauft, aber ich fürchte, sobald dies geschieht, wird das Angebot einem anderen gemacht und dieser nimmt an, wodurch eine Kette gebildet würde, die ich nicht ertragen kann.

„Ich verstehe. Was wirst du tun?

„Ich werde die anderen versammeln und ihnen Rechenschaft darüber geben, was passiert. Ich fürchte, dies ist eine explosive Bombe und viele, wenn nicht alle, neigen dazu, Long nachzuahmen und versuchen, ihr Eigentum als das kleinere Übel zu verkaufen. Wenn dies passiert ist ... ist Ihnen meine Situation klar? Ich würde mich in einem schrecklichen Kreis sehen, in dem es keine andere Rettung gäbe als eine: dass es in dieser Gegend kein Öl gäbe, aber wenn es existierte, wäre es mein Ruin und der absolute Triumph dieses Schweins.

Gleen, der angespannt geblieben war, während sein Onkel diese schreckliche Bedrohung erkannte, intervenierte und sagte:

"Onkel, ich denke, wenn das Mittel schlimmer ist als die Krankheit, solltest du niemandem erzählen oder Rechenschaft darüber ablegen, was passiert. Es ist vorzuziehen, dass wir diesen Faden des Gewebes versuchen, ihn selbst wieder aufzubauen, ohne ihn freizulegen." uns zu den anderen losen Fäden, die ihren eigenen Weg gehen.

„Das ist leicht gesagt, aber wie?

„Diese Angelegenheit sollte nicht von außen nach innen, sondern von innen nach außen behandelt werden.

"Was meinen Sie?

„Einfach, dass nichts erreicht wird, solange Alvin Bewegungsfreiheit hat, um nach dem Riss zu suchen, in den er das Messer legen kann. Was Sie tun müssen, ist jede Möglichkeit der Annäherung abzuschneiden.

„Glaubst du, es ist einfach?

„Ich weiß es nicht, aber ich glaube nicht, dass es unmöglich ist.

„Gib mir eine Lösung.

„Ich habe zwei, aber zuerst möchte ich, dass du mir eine Sache erzählst. Wenn es nur darum ginge, Long sein Land zu kaufen und sonst niemanden, würde er dann dieses Geld riskieren?

„Ich kann es schaffen, aber nur einmal.

„Geben Sie mir in diesem Fall bitte Bewegungsfreiheit, damit ich versuchen kann, das Problem zu beheben. In diesem Fall muss ich meiner Cousine in ihren Theorien über unser Verhalten als Anwälte zustimmen.

Welche Theorien?

„Er sagt, dass wir im Umgang mit den Gesetzen und dem Kodex furchterregender sind als ein 45-er Hengstfohlen und dass wir in der Lage sind, den Anschein zu erwecken, dass Weiß Schwarz ist und umgekehrt.

„Und was meinst du damit?

„Wenn ich diese Theorie in einer anderen Reihenfolge anwende, werde ich sehen, ob wir bis zu einem bestimmten Punkt mit willkürlichen Verfahren den Sieg erringen.

Es wird keine sehr legale Sache sein, aber in diesem Fall gibt es keine moralischen Gesetze anzuwenden, sondern menschliche Verteidigungsgesetze, die in die Praxis umgesetzt werden müssen. Mit dem Versprechen, dass Sie mir gegeben haben, Longs Interessen jederzeit zu wahren, damit Sie nicht verklagt werden können, spielt der Rest keine Rolle.

Sagen Sie mir, was Sie zu tun versuchen.

„Später. Lassen Sie mich meinen Weg beginnen und Sie werden den Rest zu gegebener Zeit erfahren.

„Pass auf, Gleen, ich fürchte, du übertreibst es.

„Keine Sorge. Ich habe die moralische Verpflichtung, ihn aus allen Gründen zu verteidigen, und das werde ich. Wir werden später darüber sprechen.

Virginia versuchte ihn zu zwingen, ihr seine Projekte zu enthüllen, aber ohne Erfolg. Gleen hat gerade geantwortet:

„Es tut mir leid Virginia, aber Anwälte haben unsere Geheimnisse und Tricks, die wir nur im psychologischen Moment bringen. Ich kann Ihnen nur sagen, dass ich Ihre Ranch verteidigen werde und, natürlich, deinen Vater, bis meinen Verstand und meine Macht gehen kann. Ich möchte verhindern, dass Sie vom Teufel mitgenommen werden und eines Tages werden Sie sich überlegen müssen, ob Sie nicht als kleineres Übel daran interessiert wären, die Frau des Anwalts einer wichtigen Firma zu sein, mit allen Folgen der Unannehmlichkeiten, die Sie haben als Folge gefälscht.

„Sehr ironischer und vernichtender Kommentar, Gleen. Ich dachte nicht, dass du so boshaft bist.

„Ich bin nicht, denn wenn ich es wäre, würde ich nicht versuchen, meinen Einfallsreichtum beitragen deinen Vater und Sie zu helfen, und dieses Hindernis zu überwinden. Ich schulde dir alles und ich muss irgendwie bezahlen.

„Meinst du nicht, es ist besser, wenn du dort, wo deine Mutter ist, herumspazierst und dann wieder ins Studium gehst? Bisher konnten wir aus eigener Kraft vorankommen, das sind nicht wenige.

„Dies ist ein Fall, in dem die moralische Kraft der materiellen überlegen ist. Ein zukünftiger Anwalt sagt es Ihnen.

„Zur Hölle mit dir und deinen Gesetzen.

Und sehr wütend verließ sie ihn, da sie nicht wieder einen zu harten Dialog mit ihm beginnen wollte.

Gleen schloß sich im Büro seines Onkels und schrieb einen Brief, der später zu Pferde reiten, er ging in der Stadt Postamt deponieren.

Am nächsten Tag erhielt Long den Brief. Es war eine kurze Notiz, in der er gebeten wurde, sich am nächsten Tag bei McAlester zu melden und im Gasthaus an der Plaza auf den Besuch des Käufers seines Landes zu warten, um dort den Abtretungsvertrag abzuschließen.

Long, der in gutem Glauben glaubte, dass es der Ex-Händler war, der ihn gerufen hatte, und da der Rancher ihn nicht benachrichtigt hatte, traf er seine Vorbereitungen, um am nächsten Tag im Dorf zu sein. Da er sich nicht mehr um die Ländereien kümmerte, die später aufhören würden, ihm zu gehören, bedauerte es ihn, sie einige Stunden vorher zu verlassen, und er war abwesend, um zur vereinbarten Zeit am Ort der Verabredung zu sein.

Gleen war umhergewandert und hatte die Wirkung ihrer Falle gesehen, und als sie sah, wie der Siedler sich für den Termin fertig machte, atmete sie erleichtert auf.

Sofort kehrte er zur Ranch zurück, suchte nach dem Vorarbeiter und fragte nach zwei oder drei vertrauenswürdigen Männern. Er erwartete Alvins Besuch, wußte aber nicht, ob er allein oder in Begleitung einer Eskorte gehen würde und sich nicht töricht einem Kampf mit Übermacht aussetzen sollte.

Er musste dem Vorarbeiter seine Tricks erklären. Der Vorarbeiter hatte viel Spaß beim Kennenlernen und lieh ihr drei entschlossene, gut bewaffnete Männer.

Und mit ihnen wechselte er in die Kabine des Siedlers, für Alvin warten zu zeigen, den Deal abzuschließen.

Es war am späten Nachmittag, als sie den Menschenhändler auftauchen sahen, begleitet von zwei weiteren Männern. Gleen beobachtete sie durch eines der Kabinenfenster und befahl einem der Bauern, bei ihm zu bleiben und den anderen beiden bereitzuhalten, um zu gegebener Zeit einzugreifen.

Wenig später tauchte Alvin selbstbewusst auf den Feldern auf und ging auf die Hütte zu.

Seine Überraschung war groß, als Gleen herauskam, um ihn zu begrüßen. Er hatte den Bauern an seiner Seite und außen, auf beiden Seiten von Alvin und seine beiden Begleiter, die anderen zwei Bauern gelegt wurden. Alvin sah sich nervös um. Es roch wie in einer Falle und er hatte Angst, er würde nicht mehr herauskommen.

Gleen begrüßte ihn mit ironischem Akzent:

„Meine Güte, Mr. Alvin, was für ein angenehmer und unerwarteter Besuch. Ich finde ihn viel besser als das letzte Mal, als wir uns hier gesehen haben. Ich beobachte, dass Sie ein Mann von erstaunlicher Genesung sind.

Alvin, der versuchte, kaltes Blut und Verachtung zu zeigen, antwortete:

„Würdest du bitte nicht stören? Ich komme, um Mr. Long zu sehen, nicht Sie.

„Um Mr. Long? Schade, dass Sie nicht gestern gekommen! Sie konnte verabschiedete sich von ihm haben, bevor er auf seiner Reise nach Kalifornien aufgeführt.

„He, was sagst du?

"Dass er gestern abgereist ist. Wir haben uns mit ihm geeinigt und sein Land von ihm gekauft. Meine Cousine legt gerne einen experimentellen exotischen Blumengarten an, und anscheinend eignet sich dieses Gelände gut für verschiedene tropische Blumenarten. Verstehst du etwas? über Gartenarbeit?

„Fahr zur Hölle und hebe deine Witze für jeden auf, der sie ertragen kann! Ich treffe mich hier mit Mr. Long, um eine Angelegenheit zu besprechen, und ich möchte ihn sehen.

„Wenn Sie glauben, wir hätten Sie gefressen oder entführt, ermächtige ich Sie, hereinzukommen und nach Ihnen zu suchen, aber denken Sie daran, dass ich dies im Namen meines Onkels und der anderen Besitzer des Beckens tue, die die aktuellen sind Eigentümer dieses Grundstücks. . Wir wussten, dass Mr. Long es verkaufen wollte und zusammen haben sie es erworben, weil sie verstanden haben, dass es sich lohnt, eine Handvoll Dollar zu opfern, nur um die unangenehme Umgebung nicht genießen zu müssen. Herr Long unterschrieb gestern die Urkunde und machte sich ohne Zeitverlust auf die Reise.

„Das ist nicht möglich. Der Typ hat sich über mich lustig gemacht.

„Warum? Sie haben ihm einen Vorschlag gemacht, sagte er uns, wir gaben ihm eine Handvoll Dollar mehr und da er nicht mit einem anderen unterschrieben hatte, nahm er an und ging. Gibt es etwas Natürlicheres?

„Es tut uns sehr leid, dass Sie diesen Trick mit sehr losen Karten gespielt haben, Mr. Alvin. Wenn wir ein Spiel beginnen und einen Einsatz akzeptieren, haben wir mindestens gutes Poker in der Hand. Und warten Sie nach diesem schlechten Spiel für Sie darauf, dass wir ein anderes beginnen. Wie Sie vielleicht verstanden haben, sind die Eigentümer dieser Gegend entschlossen, Ihre Anwesenheit oder die des Öls hier nicht zu tolerieren. Jeder hat zu dieser Akquisition für den Kauf beigetragen und dies wird Ihnen klar machen, dass es sinnlos ist, dasselbe mit jemand anderem zu versuchen, da dieser Ihre Immobilie nicht für die ganze Welt verkauft.

»Dies ist der erste Hinweis; das zweite, ich werde es ihm alleine geben. Wenn wir Sie hier wieder auftauchen sehen, denken Sie, bevor Sie es versuchen, dass Sie eine Barriere von Gewehren finden werden, die bereit ist, Sie abzuschneiden, oder Sie auf der Wiese zurückzulassen, damit Sie den Versuch nicht wiederholen. Ich hoffe, Sie denken darüber nach und suchen nach Öl unter dem Death Valley oder auf dem Gipfel des Mount Shasta, das leichter zu finden ist als hier. Sie haben unsere Stärken und unsere unerschütterliche Entschlossenheit falsch eingeschätzt, niemandem zu erlauben, diese fröhliche und friedliche Ecke von Oklahoma in die Hölle zu verwandeln. Holen Sie sich das jetzt in den Kopf, da es noch Zeit ist.

Alvin brüllte vor Wut. Als er glaubte, alle Triumphe für die Prüfung in seinen Händen zu halten, hatten sie den Einsatz auf eine durchschlagende Art und Weise gewonnen.

Aber er war einer von denen, die nicht aufgeben wollten, solange er die Kraft zum Kampf hatte. Er hatte all seine Selbstliebe in den Kampf gegen Fuchs gesteckt und würde es weiter versuchen.

Die Worte abbeißend, rief er:

"Nun gut, du strebst einen weiteren Triumph an, aber einige werden der letzte für dich und der entscheidende für mich sein. Drohungen erschrecken mich nicht, denn ich kann und werde darauf reagieren. Dein Onkel muss sich bitter an die Behandlung erinnern, die er gab mir, als ich ging, um das Geschäft vorzuschlagen.

„Es ist möglich, aber vergiss das nicht hinter" und ggf. vor „meinem Onkel bin ich auch.

„Ich feiere es, weil Sie und ich eine schwebende Schuld zu begleichen haben.

"Warum zahlen wir es nicht sofort ab, damit wir keine Zeit verschwenden? Ich gehöre nicht zu denen, die dazu neigen, morgen zu gehen, was ich heute tun kann.

„Das tue ich, weil ich nichts akzeptiere, was dem Gegenüber einen Vorteil verschafft, und der Vorteil liegt in diesem Moment bei ihnen. Es wird Zeit für alles sein, ob du es willst oder nicht, die Hölle wird ins Tal kommen und schwarzes Gold wird daraus hervorgehen, das sich rot färben kann, wenn es mit dem Blut vermischt wird, das fließen wird.

„Einschließlich deiner?

„Möglicherweise meins… und Ihres.

„Nun, beeilen Sie sich, weil sie mich woanders beanspruchen und ich möchte, dass diese Angelegenheit gelöst wird, bevor ich gehe.

„Es wird sein, wenn es sein muss, aber seien Sie versichert, dass ich meinerseits keine Minute aus Laune oder Zögern verzögern werde.

"Herzlichen Glückwunsch. Wir sind für diesen Tag festgelegt, aber denken Sie daran, was Ihnen schon einmal passiert ist. Der zweite wird der letzte sein.

„Es wird für einen von beiden sein.

Alvin, ohne extreme Prahlerei, für den Fall, dass Gleen die Beherrschung verlor und zu Gewalt griff, eilte mit seinen Teamkollegen davon, und als er weg war, befahl Gleen, amüsiert über das Stück lachend:

„Lass uns zurück zur Ranch gehen, aber pass zuerst auf, dass wir keine Spuren von unserem Aufenthalt hier hinterlassen. Als Long zurückkehrt, glaubt er, dass niemand seine Kabine besucht hat und ahnt nicht, was passiert ist. Die Zeit wird es wissen müssen.

KAPITEL VIII

DIE ERSTE EXPLOSION

Gleen verstand bei seiner Ankunft, dass er den Trick, den er benutzte, nicht länger vor seinem Onkel und Virginia verbergen sollte, und brachte sie zusammen, um ihnen über den erzielten Erfolg Rechenschaft abzulegen.

Der Rancher, sehr ernst, kommentierte:

„Das war schmutziges Kartenspielen, Gleen; obwohl ich zugeben muss, dass das Verfahren genial war.

„Hat der Typ etwas Besseres verdient?

„Ich rede nicht von ihm, ich rede von Long.

„So ein Dreck gibt es nicht. Im Moment werden Sie glauben, dass Alvin sein Wort gebrochen hat und sich abfinden müssen. Dies hilft uns zu vermeiden, dass Alvin auf dem möglicherweise demoralisierenden Verfahren besteht und keine weiteren Ankäufe anbietet, da wir alle bereit sind, diese nicht zu verkaufen. Später, wenn wir die Gefahr beseitigen, können Sie mit Long sprechen, erklären, was getan wurde und ihm das Geld anbieten, das sie ihm für sein Land gegeben haben: Wenn er es annimmt, hat er nichts verloren und wenn er es sich anders überlegt und bleibt, jeder wird gewonnen haben.

„Das beruhigt mein Gewissen und ich gratuliere dir zu deinem Einfallsreichtum, Gleen.

„Anwalttricks, Mann. Wenn wir nicht wüssten, wie wir die Risse, die uns unsere Gegner bieten, ausnutzen könnten, wie könnten wir dann schallend triumphieren? Der Erfolg liegt gerade darin, das scheinbar Unmögliche zu verteidigen; der andere, der vulgäre, verteidigt sich und hat kein Verdienst.

„Nun, jetzt müssen wir wissen, wie Alvin reagieren wird.

„Das müssen wir beobachten. Er muss etwas tun, weil er immer wütender wird und sich mit den erlittenen Niederlagen nicht zufrieden geben wird.

Armor beschloss, seine Nachbarn nicht über den Trick zu informieren, der verwendet wurde, um den Versuch, Löcher in diesem Land zu öffnen, zumindest für den Moment abzuwehren. Es war vorzuziehen, die Angelegenheit so lange wie möglich schlafen zu lassen, um Kontroversen zu vermeiden, die ein Schisma provozieren könnten.

Armor vermutete, dass, wenn in diesem Teil des Territoriums wirkliche Gefahr drohte, mehr als einer ins Stocken geraten würde. Öl vergiftete nicht nur Körper, sondern auch Geister, und viele träumten davon, über Nacht wohlhabende Männer zu werden.

Er richtete einen Fernüberwachungsdienst ein, um eventuelle Überraschungsversuche aufzudecken.

Long kehrte zwei Tage später verwirrt und nervös zurück. Er hatte vergeblich auf Alvin gewartet und als er überzeugt war, dass er nicht erscheinen würde, kehrte er auf seine Ranch zurück.

Und jetzt wusste er nicht, was er tun sollte. Er schämte sich, Fuchs von seinem Versagen und dem Spott zu berichten, dem er ausgesetzt war, obwohl er sich nicht erklären konnte, warum das Interesse am Kauf seines Landes bestand, und dann den Erwerb aufzugeben.

Die unangenehme Zeit, sich bei Armor zu melden, wurde vermieden, als Gleen an seiner Kabine vorbeiging, als würde er aus Ablenkung flanieren. Als er Long sah, blieb er stehen und sagte:

„Guten Morgen, Mr. Long. Ich dachte, ich hätte ihn hier noch nicht gesehen.

„Ich auch nicht, aber… das stimmt. Bitte sagen Sie Ihrem Onkel, dass nichts an dem Deal ist, von dem ich Ihnen erzählt habe.

„Wie sagt man? Hat diese Kröte Buße getan?

„Ich weiß es nicht, aber es scheint so. Er rief mich in McAlester an, um den Deal abzuschließen, und ich wartete zwei Tage auf ihn, ohne aufzutauchen. Das ist eine schmutzige Sache, die ich niemandem dulde.

„Von Alvin können Sie alles erwarten, Mr. Long. Wie auch immer, vielleicht hat er es nicht geschafft, das Geld aufzubringen und das war's. Das Anbieten kostet wenig, aber wenn es ums Geben geht …

„Ich habe ihn nicht gesucht, sondern er für mich.

„Wie auch immer, ich sage nicht, dass es mir leid tut, denn es wäre nicht wahr. Im Moment ist es für alle besser, die Ruhe, die hier herrscht, nicht zu stören. Ohne diesen Kerl wäre dies das Paradies und ... es bleibt besser so.

Nach diesem Gespräch passierte nichts. Armors Schachfiguren hielten Ausschau und machten Entdeckungen, aber alles war noch ruhig und es schien, dass Alvin viel mit etwas geprahlt hatte, das er nicht so leicht zu bewerkstelligen fand. Es gab Knochen, in die er seine Zähne zwang, und dieser sah aus wie einer. Einige weitere Tage vergingen, die Ruhe herrschte weiter und Gleen sah zu, wie der Tag ihrer Rückkehr in die Schule näher rückte, um ihr Studium fortzusetzen, ohne dass etwas entschieden wurde.

Und da er vermutete, dass die Zunderbüchse irgendwann explodieren musste, sagte er zu seinem Onkel:

„Ich werde meinen Lehrern schreiben, dass ich mich noch nicht vollständig erholt habe und noch fünfzehn Tage Urlaub brauche. Vielleicht passiert in dieser Zeit etwas, das das Bild klärt.

"Ich denke, du solltest gehen, Gleen", antwortete der Rancher. Es gibt genug Leute hier, um jeder Gefahr zu begegnen.

„Ja, aber ich würde dem nicht alles trauen. Immerhin bedeuten fünfzehn Tage oder so nichts. Ich kann sie mir verdienen, indem ich jeden Tag eine Stunde mehr lerne.

Und genau in dieser Nacht wurde der Waffenstillstand auf dramatische Weise gebrochen, ohne dass jemand genau sagen konnte, wie der Angriff stattgefunden hatte. Gegen drei Uhr morgens brachen gleichzeitig drei Feuer in den bereits trockenen Maisfeldern von drei Siedlern im Becken aus. Als die Brände entdeckt wurden, hatte das Feuer, unterstützt von einer starken Brise aus dem Norden, Gewalt angenommen und drohte die Anstrengungen vieler Monate der Arbeit auf dem Land zu verschlingen.

Der ganze Teil des Tals erwachte erschrocken vom scharfen Heulen der Jagdhörner, die die Gefahr ankündigten. Auf der Fuchs-Ranch standen alle Peonages schnell auf, um einzugreifen, und der Rancher selbst ging an der Spitze seines Teams zu den betroffenen Orten, die, weil sie ziemlich voneinander getrennt waren, gezwungen waren, die Hilfskräfte aufzuteilen, überall hingehen zu können.

Es war eine brutale und anstrengende Aufgabe bis zum Sonnenaufgang, ohne dass die Anstrengung jedoch sehr effektiv war. Zumindest wurden die Ernten zerstört oder fast zerstört, obwohl es möglich war, das Abbrennen der Hütten, einiger Schuppen und bestimmter anderer Elemente zu verhindern.

Unter den Besitzern des Tals herrschte Bestürzung. Alvin hatte begonnen, mit der Kraft zuzuschlagen, die ihm die am Öl beteiligten Elemente verliehen hatten, und begann, nicht nur den Widerstand und die Stärke seiner Feinde, sondern auch ihre Moral zu untergraben.

Was er nicht durch Überreden und Anbieten erreicht hatte, versuchte er durch Zerstörung und Angst zu erreichen, und Fuchs begann zu befürchten, dass der Triumph in letzter Minute sein Feind werden würde.

Als die Feuer gelöscht waren, als diese drei Bilder von Ruin und Elend im Sonnenlicht betrachtet wurden, waren die Gesichter aller zusammengezogen und starr und erkannten die Stürme, die die Verletzten untergruben.

Bis einer vortrat und ausrief:

„Das haben wir mit all dem erreicht, Herr Fuchs, und das müssen Sie Ihnen sagen, denn Sie haben die Situation anders dargestellt und uns gezwungen, uns für etwas einzusetzen, das zum Verhängnis wurde etwas.

„Ich weiß nicht, ob es in diesem verdammten Land Öl geben wird oder nicht, aber wir hätten mehr gewonnen, wenn wir ihnen erlaubt hätten, es zu überprüfen. Wenn sie versagt hätten, wären wir jetzt ruhig und diese blöden Ruinen wären vermieden worden und wenn Sie hatten wirklich Öl genommen, wer kennt den Weg, den unsere Situation zu diesem Zeitpunkt genommen hätte ... auch wenn es Ihnen nicht gefallen hat.

Angesichts der aggressiven Tirade des Siedlers antwortete Fuchs:

„Es ist möglich, aber hören Sie auf, darüber nachzudenken, was mit denen passiert wäre, die leider nicht das Glück hatten, auf ihren Grundstücken schwarzes Gold zu finden.

„Schlimmeres als das?", rief der Siedler und zeigte verzweifelt auf seine verkohlten Ohren." Nein, nicht schlimmer, denn zumindest wäre das, was wir hatten, intakt geblieben.

„Glaubst du? Weißt du etwas über den Einfluss von Öl auf Land und Getreide? Aber wenn es ein Gift ist, das alles versengt und tötet.

„Nun gut, aber Ruine um Ruine, das andere war vorzuziehen, weil zumindest die Begünstigten die Eingeweide ihrer Ernte verwertet hätten. Nein, so kann und wird es nicht weitergehen. Die Verpflichtungen sind vorbei, wenn trotz alledem niemand unsere bescheidenen Güter schützen konnte. Heute haben drei den Schlag versetzt, morgen kann er anderen gegeben werden und uns alle ins Verderben stürzen.

Vielleicht nicht für Sie, weil Sie viele Männer haben, die Ihr Eigentum verteidigen, aber was gewinnen wir von Ihrer Rettung, was Ihnen gehört, wenn wir verlieren, was unser ist? Ich bin pleite, versunken, im Elend, aber es sei denn ... ich werde sehen, ob ich mich irgendwie rette. Was ich auf meinem Land nicht anderen überlassen habe, werde ich selbst tun. Ich werde Löcher darin öffnen, bis ich den Globus von Teil zu Teil überquere und das begehrte Öl sprießt,

Die anderen beiden Opfer riefen, als sie ihn hörten, mit heftigem Akzent:

„Das ist richtig, und das wird es auch. Wir werden dasselbe tun und ich mache euch beiden einen Vorschlag. Was in jedem unserer Länder entstehen kann, zu dritten Teilen des Nutzens und wenn es in allen dreien sprießt, desto besser.

Fuchs, angesichts der schrecklichen Bedrohung, die alle seine Bemühungen, seine Weiden vor dem schrecklichen und tödlichen Einfluss des Öls zu schützen, zunichte machte, verlor die Kontrolle über seine Nerven und stand drohend auf und brüllte:

"Hören Sie, dies ist zu einer Hölle widersprüchlicher Interessen geworden, in der wir anscheinend alle kämpfen müssen, um das zu verteidigen, was uns gehört. Ich habe den loyalsten Weg gesucht, damit niemand verletzt wird, und es ist nicht meine Schuld, dass" gewisse Raufbolde, die sich auf elende Sabotage berufen, haben diese Schurken begangen, die keine Qualifikation haben.

Aber so wie Sie davon sprechen, das zu verteidigen, was Ihnen gehört, muss ich warnen, dass ich mein Eigentum verteidigen werde. Öl ist eine Bedrohung für mehrere Kilometer Weideland und für einige tausend Hörner, für die ich mehrere Jahre und viele Anstrengungen gebraucht habe. Ich kam hierher, um mit der Erde, mit den Elementen und mit den Unerwünschten zu kämpfen, um das zu erreichen, was ich jetzt besitze, und ich musste mein Leben viele Male riskieren, um es zu verteidigen und zu erhalten. Wenn jetzt jemand, wer auch immer er ist, erneut droht, was mich so viel Opfer gebracht hat, wird er mein Feind sein und als solcher werde ich ihn behandeln.

»Öl ist kein echtes Gold. Diese zu extrahieren schadet keinem Dritten. Öl aus einem Brunnen zu holen ist Gift für die anderen, und ich kann es nicht ertragen, dass mir jemand meine Finanzen entzieht. Ich möchte Sie warnen, denn wenn sie mir auf diese Weise den Krieg erklären, werde ich es gegen jeden akzeptieren, so schmerzhaft es für mich auch sein mag, sich bis heute gegen meine Freunde zu wenden, die ich in gutem Glauben zu verteidigen versucht habe.

"Reden Sie keinen Unsinn", brüllte einer. Wenn es für Sie bequem gewesen wäre, Öl von Ihren Weiden zu gewinnen, hätten Sie nicht darauf gewartet, dass sie kommen und es vorschlagen, Sie hätten es selbst gesucht, ohne an andere zu denken, denn in Ihrem Besitz könnten Sie alles tun du wolltest. Sieg. Nun, das passiert uns; innerhalb

unserer Grundstücke können wir tun, was wir wollen, und niemand wird es
verhindern können.

„Ich!", brüllte Fuchs.

"Sie.

"Wenn ich; weil es mir schaden kann und ich anderen nicht schaden wollte, indem
ich es zuerst versuchte, werde ich es nicht dulden, dass mich jemand ruiniert. Ich
möchte warnen, dass ich alle meine Männer in Bewegung setzen werde und dass der
Erste, der beim Öffnen eines Lochs erwischt werden, bevor er es vollständig öffnen
kann, wird ihm eines mit einer Unze Blei auf den Kopf gelegt und alles ist vorbei.

Eine dramatische Stille begrüßte die Drohung. Fuchs hatte Gleen und mehrere
Bauern seines Teams an seiner Seite, und sie schienen bereit, sich zu wehren.

„Warum entschädigen Sie uns also nicht für den von Ihnen erlittenen Schaden?
„Sagte ein Siedler.

„Ich würde gerne, aber ich konnte es nicht bei allen wieder gutmachen. Was ich tun
kann, ist, ihnen zu helfen, für den Moment nicht zu hungern und später, wenn das
gelöst ist, weil es gelöst werden muss und vielleicht nicht lange dauert, werden wir
untersuchen, wie wir diese Verluste lindern können.

„Worte und nichts als Worte. Das Praktische ist eine andere Sache und wenn hier Öl
ist … das ist das Praktische.

"Ich hoffe, Sie denken gut darüber nach", warnte Fuchs.

"Es wird meditiert" brüllte einer; Ich bin verantwortlich für mein Haus und ich
werde tun, was ich will. Die anderen, die dem Weg folgen, der ihnen am bequemsten
erscheint.

Unter den Versammelten herrschte Desorientierung. Diejenigen, die noch keine
Angriffe oder Verluste erlitten hatten, wagten es nicht, sich den Opfern
anzuschließen, aber sie hielten an der Erwartung fest, denn wenn die anderen den
Drohungen von Fuchs trotzen und Öl finden würden, würden sie alle wie wilde Tiere
in ihrem Land zu graben beginnen. von neuen und fruchtbaren Brunnen.

Armor stellte eine allgemeine Frage:

Was denken andere?

Niemand schien bereit, die Initiative zu ergreifen, bis einer antwortete:

„Im Moment behalten wir uns unsere Meinung vor. Die Umstände herrschen und wir werden uns mit ihnen mäßigen.

Die Antwort war zweideutig, aber bedrohlich, denn wenn jemand Öl entdeckte, würden andere wie wilde Tiere auch danach suchen.

Der Rancher war außer sich. Er wusste, dass er in die Enge getrieben wurde und er konnte es nicht schaffen, so viele feindliche Elemente in Essenz oder Macht zu beherrschen.

Und aus Angst, die Katastrophe zu provozieren, beschloss er, eine so dramatische Situation abzubrechen, indem er sagte:

„Sirs, ich habe mein letztes Wort gesagt. Wenn, wie jemand angedeutet hat, die Zeit gekommen ist, sich zu retten, wer kann, und jeder geht zu seinem eigenen und nicht zum allgemeinen Interesse, dann werde ich das, was mir gehört, mit Zähnen und Nägeln verteidigen, ohne gegen wen zu schauen. Ich werde notfalls mein Leben opfern, damit meine Weiden nicht zu einer grauen Wüste werden und mein Vieh nicht vergiftet wird. Der Theorie einiger folgend, tue ich, was andere tun: verteidige, was mir gehört. Aus diesem Grund wiederhole ich, dass jeder, der einen einzigen Tropfen Öl sprießen lässt und mich ins Verderben führt, sich vorbereiten muss, denn ich töte ihn.

Und gefolgt von seinen eigenen verließ er die Versammlung, um auf die Ranch zurückzukehren.

Die Lage war schlimm geworden. Der Tod begann mit seiner Sense durch das Tal zu gehen und fragte sich, was seine erste und beste Beute sein würde und jeder wusste, dass sie jeden Moment von seiner Sense bedroht waren. Die drei Opfer konnten ihre Drohung, Brunnen zu öffnen, wahr machen, aber sie konnten die von Fuchs nicht ignorieren, der der wertvollen Hilfe seiner Bauern nachkommen würde. Diese waren in erster Linie Cowboys und verteidigten die Weiden und das Vieh, von denen ihr Leben abhing.

Sie würden Fuchs aggressiv unterstützen, und es gab viele von ihnen. Nur indem sie eine Kraft organisierten, die sich ihrer eigenen widersetzte, konnten sie dieser schrecklichen Bedrohung trotzen.

Was sollte von da an passieren? Niemand konnte es vorhersagen, aber alle waren überzeugt, dass es für manche etwas zu tragisch sein würde.

Fuchs' Drohung schockierte die drei Siedler, deren Ruin so tragisch vollzogen worden war, und bevor sie die Macht des Ranchers in Frage stellten, tauschten sie ihre Ansichten aus. Und da war jemand, der vorschlug:

„Ich denke, das Beste ist, zu McAlester zu gehen, sich mit der Oklahoma Oil Company in Verbindung zu setzen, ihnen den Fall zu erklären und sie in ausreichender Zahl Männer schicken zu lassen, um die Löcher zu öffnen. Wenn sie unseren Untergang herbeigeführt haben, sollen sie auch etwas enthüllen, um in ihrem Bemühen voranzukommen. Wir werden von ihnen einen Betrag für die Vermietung der Pakete verlangen und zumindest, solange bekannt ist, ob Öl vorhanden ist oder nicht, einen Teil des Verlorenen zurückholen.

Einer von ihnen wurde ernannt, damit er ohne Zeitverlust die für sie so interessante Geschäftsführung übernehmen konnte.

Der Siedler tauchte in der Stadt auf, genau zu der Zeit, als Alvin dort mit dem Direktor Eindrücke austauschte. Er hatte sich seinen Anteil an den von ihm entdeckten Brunnen kaufen lassen und wartete auf das Ergebnis der von ihm selbst organisierten Sabotage, um Unkraut unter den Besitzern des Beckens zu säen und den zwischen ihnen geschlossenen Pakt zu brechen. Er war wütend über das, was er für Longs schlechte Arbeit hielt, und angesichts so vieler Widerstände und Schwierigkeiten hatte er nicht gezögert, zu drastischen Maßnahmen zu greifen.

Gleens Drohungen hatten ihn nicht beeindruckt, denn jetzt konnte er sich mit Geld Gewissen und gut bewaffnete Hände kaufen, um die Arbeit zu erledigen.

Der Manager, der sich des hartnäckigen Kampfes Alvins mit den Landbesitzern im Wesley Valley bewusst war, rief den ehemaligen Händler schnell an, um dem Siedler zuzuhören und seine Vorschläge zu hören.

Der Siedler, der Alvin vorgestellt wurde, ging wütend auf ihn zu und brüllte:

„Warst du der Schurke, der ...?

„Beruhige dich, Freund, und steh nicht vor deiner Zeit auf. Sie haben mir gerade gesagt, dass Sie kommen, um der Firma Ihre Grundstücke anzubieten, um zu versuchen, Brunnen zu öffnen, und wenn ja, können wir uns gut verstehen.

"Ich hätte mich nicht an solche Verfahren gewandt, wenn Fuchs, der Sie in der Faust hatte, mich nicht dazu gezwungen hätte. Ich habe einfach versucht, Land an denjenigen zu verpachten, der mit der Suche beginnen wollte, was davon profitiert hätte." alle, wenn Öl da war, wie wir vermuten, aber Fuchs behandelte mich schlecht, bedrohte mich, misshandelte mich sogar und wandte sich ohne Recht daran, dass andere das tun, woran er, wie er sagte, nicht interessiert sei.

Und ich musste genauso reagieren. Ich habe es mir zur Selbstachtung gemacht, dort Öl zu entdecken, wenn es überhaupt eins gibt, und ich appellierte an die Maßnahmen, die sie mir gelassen haben. Es tut mir leid, dass Sie Pech hatten, aber wir werden versuchen, das zu beheben, wenn Sie wirklich gewillt sind, Brunnen zu graben.

„Natürlich sind wir willig und hätten es auch selbst gemacht, wenn Fuchs uns nicht mit der Erschießung gedroht hätte. Wir haben alle Beziehungen zu ihm abgebrochen, aber wir drei können nicht vor seinem Team stehen, deswegen" wir sind gekommen, um der Kompanie das Land anzubieten, damit sie, wenn sie genug Leute hat, die nötigen Leute schicken kann, um Brunnen zu graben, wenn sie uns angeboten wird.

Alvin, der vor Freude platzte, als er wusste, dass er seine Drohungen wahr machen würde, antwortete:

„Ich bin bereit, Ihnen den Wert dessen zu zahlen, was bei den Bränden verloren gegangen ist, und später, wenn wir Öl entdecken, werden wir eine Vereinbarung treffen, entweder indem wir das Land von Ihnen kaufen oder Ihnen einen Anteil am Produkt jedes Brunnens anbieten das wird mit benzin geöffnet.

„In diesem Fall habe ich von meinen Kollegen die Genehmigung, mit Ihnen über den Mietvertrag zu verhandeln. Sobald der Wert des Verlorenen bei uns eingegangen ist, gewähren wir dort den Zutritt.

„Perfekt. Wir werden versuchen, diese Verluste einzuschätzen und das Dokument zu unterzeichnen.

Sie diskutierten in einem Büro über das zu liefernde Geld und die Vertragsbedingungen, bis sie sich einigen konnten.

Der Siedler unterschrieb im Namen der drei, nahm das Geld entgegen und sagte:

„Wann wollen Sie Ihre Leute schicken?

„Übermorgen schicke ich vierzig Mann mit der notwendigen Ausrüstung, damit die Arbeiten früher und unter besseren Bedingungen durchgeführt werden können.

„Sehr gut, aber vergessen Sie nicht, dass Fuchs alle seine Bauern in Alarmbereitschaft hat und dass sie die Prärie bewachen, um jegliches Eindringen in unser Land zu verhindern.

„Mir geht es genauso. Jetzt, wo ich weiß, habe ich das Recht, dort hineinzugehen und mit absoluter Freiheit zu manövrieren. Ich verspreche Ihnen, Fuchs wird sich an den Tag erinnern, an dem er es wagte, mir so idiotisch zu trotzen.

»Du kannst in deine Ländereien zurückkehren und deine Gefährten beruhigen, indem du ihnen dein Geld gibst. In zwei Tagen werden wir reden.

Der Siedler kehrte auf seine zerstörten Felder zurück und traf sich noch in derselben Nacht mit den anderen beiden Opfern. Sie fühlten sich beruhigt, nachdem sie ihr Geld erhalten hatten. Lassen Sie Fuchs sich von nun an mit seinem Feind befassen.

Sowohl Armor als auch sein Neffe waren sehr nervös. Sie wussten, dass der schreckliche Sturm bald ausbrechen würde und sie fürchteten seine Folgen, denn es tat ihnen weh, sich nicht nur ihrem Feind, sondern auch ihren eigenen Nachbarn stellen zu müssen.

Aber zwei Tage später galoppierte einer der Bauern, die aus der Ferne zusahen, zurück, um Fuchs zu verkünden, dass zwei riesige beladene Karren nicht wüssten, was, denn die Markisen verbargen die Ladung und eine große Gruppe von Reitern, die von Norden mit Richtung zu diesem Teil des Tals.

Fuchs vermutete, dass es Alvin war. Er hielt sein Versprechen, die Schlacht anzunehmen und provozierte sie, denn ohne sie zu provozieren, konnte er nichts erreichen.

Dadurch wurde ihm klar, dass es sinnlos wäre, die Hilfe derer zu ersuchen, die bis vor kurzem seine Verbündeten gewesen waren. Er konnte nur hoffen, dass sie neutral blieben, solange sie keinen Grund hatten, sich vor der einen oder anderen Seite zu beugen.

Es stand viel auf dem Spiel und Armor machte sich daran, die Schlacht zu schlagen. Vielleicht würde er die Gefahr für immer beseitigen, wenn er es gewann.

Er belästigte seine Peons und sie bereiteten sich darauf vor, die Eindringlinge abzuwehren, die versuchten, in das Land der Kolonisten einzudringen.

Aber sein Erstaunen und seine Wut waren gewaltig, als zwei Reiter aus der Gruppe heraustraten, auf deren Brust zumindest die silbernen Sterne von Sheriffs oder Kommissaren in der Sonne leuchteten.

Einer war der stellvertretende Sheriff von McAlester und der andere ein Sheriff von McAlester.

Der stellvertretende Sheriff ging auf die feindliche Gruppe von Fuchs und seinen
Bauern zu, und der Rancher befahl, das Schlimmste befürchtend, seinen Männern,
die Hände bei sich zu behalten.

„Wer von euch ist Armor Fuchs?

"Ich", antwortete der Rancher heiser und grüßte den stellvertretenden Sheriff.

„Sehr gut, in diesem Fall muss ich Ihnen etwas von meinem Chef, dem Generalsheriff
dieses Beckens, mitteilen. Diese Männer, die mir vorausgegangen sind, machen von
ihrem uneingeschränkten Recht Gebrauch, Land in Besitz zu nehmen, das sie
gepachtet haben, laut Dokumenten, die sie ordnungsgemäß ausgestellt haben und in
denen sie planen, bei Bohrarbeiten nach Öl zu suchen.

»Da Sie laut Klageschrift des Vermieters offenbar mit Androhung der Anwendung
dieses Rechts, das das Gesetz schützt, widersprechen, komme ich im Namen des
Sheriffs, um Ihnen die Anzeige zu erteilen und Sie vor jedem Angriffs- oder
Nötigungsversuch zu warnen um sie zu verhindern Die Ausübung dieses perfekten
Rechts, das ihnen hilft, wird Sie und jeden, der Sie bei einer aggressiven Handlung
unterstützt, beeinflussen.

»Und wenn dies geschieht und das legitime Verteidigungsrecht des Angegriffenen
ihm zuwiderläuft, darf außer den gesetzlich vorgeschriebenen rechtlichen
Verantwortlichkeiten nichts denjenigen vorgeworfen oder zur Rechenschaft
gezogen werden, die bei der Verteidigung seiner eigenen Person schwere Schäden
verursachen könnten im Gegenteil. . Ich hoffe, du nimmst es zur Kenntnis und ziehst
deine Truppen auf deine Ranch zurück. Anderen die Freiheit zu lassen, ihre Rechte
zu nutzen.

Fuchs, der wütend war, antwortete, die Worte beißend:

„Und wer sichert mich gegen die ernsthaften Gefahren ab, die mir die Ausübung
dieses Rechts, das das Gesetz schützt, mit sich bringt?

"Was bedeutet das?

„Du weißt es. Wie Öl sprießt und durch die Felder läuft, das Gras trocknet,
verbrennt, den Saft, den es enthält, vernichtet und alles um ihn herum verwüstet.
Ich habe blühende Weiden und ein paar tausend Rinder, die vergiftet werden
können, wenn die Öl steigt auf und da es sicher ist, vernichtet es meine Weiden Wer
bewahrt mich vor diesem Schaden?

»Es ist mir egal, was der Nachbar tut, wenn es mir nicht schadet, aber wenn ich, damit er reich wird, mich ruinieren muss, was ich mit dem Gesetz und gegen das Gesetz nicht toleriere.

„Wenn ja, können Sie Schadensersatzansprüche geltend machen und die Gerichte entscheiden lassen, ob und in welcher Höhe. Das Gesetz ist das Gesetz und es muss respektiert werden.

„Glauben Sie, dass das sicher und positiv ist? Glaubst du, sie würden mir die vielen Tausend Dollar zahlen, die das alles wert ist, und den Ertrag, den ich daraus pro Jahr ziehe? Glaubst du, dass ich, um andere zu begünstigen, auf jeden Fall aufgeben muss, was mir gehört? Warum suchen sie nicht im offenen Grasland der Wüsten nach Öl oder an den Hängen der Berge, wo sie niemandem schaden können? Warum sollte es gerade in einem Kern fruchtbaren Landes sein, in dem alles produziert wird, was das Leben der Völker zur Selbstversorgung braucht? Ist es so, dass mit diesem übertriebenen und verrückten Ehrgeiz, der die Menschen erschüttert hat, nach Öl zu suchen, als ob diese verdammte Flüssigkeit alles ausmachte, die tödliche Reduzierung oder das Sterben von Vieh und Landwirtschaft erlaubt werden kann, so viel oder sogar notwendiger als Öl? Warum nicht beides harmonisieren, ohne sich gegenseitig zu schaden?

„Sie schlagen mir eine Theorie vor, die den Regierungen entspricht und nicht mir, sie zu lösen. Ich vertrete das Gesetz zum Trocknen und das Gesetz schützt diejenigen, die Schutz beantragt haben, der Rest kann von jedem aufgebracht werden, der diese Lösung sucht, die ich nicht leugne.

„Natürlich, und wenn das in fünfzig Jahren untersucht und gelöst ist, wo werden dann die Verlierer sein?

„Es tut mir leid, dass ich Ihre Probleme nicht lösen kann, aber es liegt nicht in meiner Macht. Meine Mission ist eine und ich erfülle sie; der Rest ist von dem zu lösen, der die Autorität und die Befugnis dazu hat.

Fuchs, kurz vor der Explosion, brüllte:

„Sehr gut, diese Leute haben das Recht, sich in diesen Ländern niederzulassen und Löcher zu öffnen, um alle zu begraben. Lassen Sie sie sie öffnen, bis sie auf der anderen Seite der Erde herauskommen, und solange sie sich darauf beschränken, werde ich mich darauf beschränken, zu warten, aber wenn sie das Unglück haben, Öl herauskommen zu lassen, und es bedroht mein Land, dann wird manchem die Hölle ein Ort der Erholung erscheinen, mit dem er hier explodieren wird. Ich habe geschworen, dass sie mich töten müssen, bevor sie mein verbranntes Land und meine Kadaver sehen, und dass sie sich darauf vorbereiten, es zu versuchen, aber solange sie keinen Erfolg haben, sollen sie um ihr Öl, um ihr Leben und um den Globus fürchten. Das ist alles, was ich Ihnen zu sagen habe.

Und ohne noch mehr abzuwarten, bedeutete er seinen Männern und dem Team, angespannt, mit zusammengebissenen Zähnen von der schlecht gezügelten Wut, zur Ranch zurückgekehrt, während die beiden großen Wagen mit ihrer Ladung und der großen Posten der Verteidiger sie bewachten. , gingen sie voran, gefolgt vom stellvertretenden Sheriff und dem Kommissar, als Garantie, dass niemand sie daran hindern würde, die gepachteten Ländereien zu erreichen und sich dort niederzulassen. Der Rest, der sich aus dieser kühnen Tat ableiten ließ, konnte nur das Schicksal vorhersagen.

KAPITEL IX

PETROLEUM! PETROLEUM!

Überglücklich über seinen Erfolg rückte Alvin mit dieser riesigen Maschine in Richtung der Ländereien der drei Siedler vor. Er hatte gewusst, wie man Dinge geschickt anstellte und sich hinter der Autorität versteckte. Er wusste, dass dies eine vorübergehende Bremsung von Fuchs' aggressivem Impuls war, eine Klammer, die es ihm ermöglichen würde, ohne Kampf und Entblößung das Land mit intakten Männern und seiner Ausrüstung zu erreichen, aber er war sich nicht mehr so sicher, dass der moralische Schutz des Gesetzes ihm dienen würde . viel, wenn das Öl heraussprudelt.

Dann würde die Truppe ihr letztes Wort sagen, aber dennoch würde sie im Falle der Suche nach Öl, da der Fund es wert war, viel aufzudecken und mehr auszugeben, Männer in ausreichender Zahl einstellen, um ihren verhassten Rivalen zu besiegen.

Bisher hatte er genug, um die vorläufigen Sondierungen zu schützen; später würde das Glück sein letztes Wort haben. Die beiden großen Karren trugen das genaueste Material für die ersten Versuche. Es waren elektronische Geräte, viele hundert Meter Kabel, eine kleine Bohrinsel und reichlich Dynamit. Die Vorarbeiten würden darin bestehen, Löcher zu öffnen, die Dynamitladung darin explodieren zu lassen und den Nachhall der Booms mit den Seismographen zu studieren, den Boden abzuhören und Karten zu erstellen, die für das Studium der Techniker verwendet wurden, bis die Kuppeln lokalisiert waren .

Aber manchmal waren all diese wissenschaftlichen Arbeiten in der einen oder anderen Hinsicht nutzlos. Nutzlos, wenn an der gesuchten Stelle kein Öl vorhanden war, und nutzlos, wenn sie sich durch das Glück darauf vorbereiteten, an günstigen Stellen vorzudringen, an denen das Glück sie fast bis auf den Boden gefunden hatte, denn dann reichte es, ein paar Meter zu hacken indem man ein einfaches hohles Rohr durch das Loch einführte, so dass es, wenn es den Spalt erreichte, in dem sich das Öl befand, mit der Kraft eines Projektils heraussprudelte und Studien, Karten und andere technische Daten sparten, die die verschwenderische Natur überflüssig machte.

Die Ankunft dieses Materials und so vieler Männer, die es beschützten, versetzten den Rest der Landbesitzer in diesem Teil einen Schock. Offenbar war das Material noch nicht vollständig; Neue Waggons mit weiteren Bohrinseln und Bohrgestängen sollten noch eintreffen, und eine nervöse und fieberhafte Unruhe erfasste alle.

Was würde passieren, wenn auf dem Land dieser drei entschlossenen Siedler Öl auftauchte? Warum konnten nicht auch die anderen ihr Glück versuchen, wenn der Ölwahn schon alle erfasst hatte und wenn er explodierte, würde sich das Gesicht des Tals verändern, als wäre es von einem geologischen Chaos erschüttert worden? Das Interessante war, dass alle gleichzeitig ihr Glück versuchten. Gäbe es für alle nichts zu verschwenden und wenn nicht, wären alle gleichzeitig davon überzeugt, wie steril das Terrain ist.

Aus diesem Grund begannen, sobald die Bohrvorbereitungen in den vom Feuer betroffenen Gebieten der Siedler begannen, an allen anderen Orten testweise, ohne andere wirksame Mittel als Spitzhacken, Schaufeln und einige hohle Eisenstangen, der Versuch nach einem möglichen Öl zu suchen, und alle träumen davon, es zu finden, sobald sie am Boden gekratzt haben.

Auf der Fuchs-Ranch herrschte Spannung. Der Rancher sprach aufgeregt nur von einem schrecklichen Kampf ohne Viertel und es gab keine Möglichkeit, seine Nerven zu beruhigen.

Virginia hatte Angst vor der Haltung ihres Vaters; Zweimal hatte er versucht, die Farm in Ruhe zu verlassen, besessen davon, Alvin zu finden, um ihn fertig zu machen, und Gleen, der alles genau wusste, versuchte ihn zu beruhigen und sagte:

"Hör zu, Mann; wir gewinnen nichts, wenn wir die Kontrolle über unsere Nerven verlieren und Ereignisse antizipieren. Niemand ist sicher, dass das, was er sucht, existieren kann und solange kein Öl kommt, warum verzweifeln und etwas provozieren, das tödlich sein könnte?

Wenn sie es nicht fanden, gab es nichts zu versuchen, und Misserfolg und Verlust wären für sie. Vielleicht werden sie dann ihren Wahnsinn und ihr Bedauern erkennen, von der Fantasie mitgerissen worden zu sein.

»Wenn dies geschieht, besteht keine Notwendigkeit zu kämpfen und Leben nutzlos zu entlarven. Alles wird von selbst sinken, ohne dass dem Feuer Brennstoff hinzugefügt wird.

„Das ist theoretisch alles sehr vernünftig, Gleen; Aber was passiert, wenn es eintritt, wer vermeidet dann die Katastrophe? Ich möchte vorwegnehmen, was später unwiederbringlich sein wird.

„Ich verstehe dich, aber denkst du wirklich, dass du es vermeiden würdest, indem du diesen Kampf provozierst? Beachten Sie, dass Alvin dieses Mal nicht unvorbereitet gekommen ist; Er bringt vierzig gut bewaffnete Männer mit, die zweifellos kampfbereit sein werden, wenn es nicht mehr wäre, könnte unser Team, wenn auch etwas weniger zahlreich, vielleicht versuchen, diese Leute wegzufegen, aber haben Sie darüber nachgedacht? Hilfe würden sie Alvin den anderen Besitzern geben, wenn sie vom Ölwahn beeinflusst sind und alle das Tal in eine Hölle verwandelt haben, in der es keinen Arm gibt, der in diesem Moment nicht die Gipfel ergreift, um in die Erde einzutauchen? Sie würden sich Alvins Männern anschließen und ein Kontingent bilden, gegen das wir an Quantität, wenn auch nicht an Qualität, nichts ausrichten konnten.

„Also, was meinst du, sollte ich tun, ihnen erlauben, meine Weiden in ein Feld der Verwüstung zu verwandeln?

„Könnten Sie es irgendwie verhindern, wenn das passieren muss? Ich glaube nicht, und für einen verzweifelten Kampf ist immer Zeit, besonders wenn es einen ernsthaften Moment gibt, um es zu versuchen.

»Ich sage das nicht, weil ich Angst habe, noch einer im Kampf zu sein; Im Gegenteil, ich habe mit Alvin die Balance eines Kampfes anhängig und werde hier nicht weggehen, ohne mich mit ihm zu messen, sondern definitiv.

„Denken Sie also daran, dass ich im entscheidenden Moment an Ihrer Seite bin, wenn Sie kämpfen müssen. Ich verstehe nur, dass der Kampf, oder aus Mangel an einem grundlegenden Grund, niemals erhoben werden sollte, oder wenn es passiert, dass es um Leben oder Tod geht.

Der Rancher schien von den Appellen seiner Ruhe gegenüber dem jungen Mann nicht überzeugt zu sein, aber Virginia, die um das Leben ihres Vaters fürchtete, unterstützte Gleen und kämpfte mit ihm moralisch, um Fuchs zu überzeugen.

Am Ende beruhigte er sich ein wenig und versprach geistige Gesundheit. Er musste an seiner letzten Hoffnung festhalten; diejenige, dass die Versuche fehlschlugen und sie kein Öl fanden.

Aber von diesem Moment an würden seine Nerven Erschütterungen erleiden, die ihn in den Wahnsinn treiben konnten, jedes Mal, wenn der Wind das Echo der Dynamitexplosionen auf die Farm trug und die Löcher, die sich öffneten, vergrößerte und vertiefte.

Gleen war besorgt. Er wusste, was irgendwann aufflammen könnte und sah keine praktikable Lösung für das potenzielle Drama.

Öl, das durch die Furchen auf fremdem Land rauscht, könnte Fuchs zum Verhängnis werden, ohne Nutzen, aber warum, wenn die Weiden bedroht waren, konnte dieser Ruin nicht mit einem Gegenstück gemildert werden?

Wenn Öl im Tal war, konnte es genauso gut von Longs Ländereien oder von irgendjemand anderem kommen, wie von Fuchss eigenen Weiden, und wenn dies passieren musste, warum nicht den Rest überholen und gleich dort nach was suchen ? was könnte überall sein?

Weide und Vieh könnten verloren gehen, aber wenn das Land Öl enthielt, würde es den Verlust mit seinem Wert ausgleichen, und schließlich würde der Verkauf der Felder den Viehzüchter für seine Verluste entschädigen.

Aber, diese logische Argumentation, wer hat es Armor enthüllt? In ihrer Besessenheit hätten sie ihn wütend zurückgewiesen, ohne von ihm hören zu wollen.

Und doch war es eine kluge und weitsichtige Maßnahme, die nicht übersehen werden sollte. Wenn Sie sich großen Ereignissen stellen müssen, können die Lösungen nicht mit Ihrem Wunsch gekoppelt werden, sondern mit dem, was aus denselben Ereignissen gewonnen werden kann, wobei Sie am wenigsten verlieren und am meisten gewinnen.

Von dieser Idee belästigt, ließ er Virginia daran teilhaben. Das Mädchen war nicht dumm; Gleen kannte zu viel Logik, um die Realität ohne falschen Schein zu enthüllen, und sie machte es ihrer Cousine bekannt.

Diese antwortete, überzeugt von ihren Argumenten:

„Ich denke wie du, Gleen; Wenn es unvermeidlich ist, dass Öl auftaucht und es uns nur zum Nutzen anderer ruinieren kann, warum beheben wir unseren Ruin nicht mit dem gleichen Produkt, das es für uns produziert? Trotz meines Vaters wird die Realität nur eine sein und ob er Öl mag oder nicht, es wäre dumm, uns zu ruinieren und aufzugeben, was unsere Rettung sein könnte.

„Aber ich denke, wie Sie, wer enthüllt ihm das? Ich wäre es trotz aller Gründe nicht.

„Ich auch nicht, aber dennoch gibt es viele Möglichkeiten, gewisse Schwierigkeiten zu überwinden.

"Wie?

„Ich habe eine Idee, und ich werde Sie bitten, Ihre Meinung dazu abzugeben, damit am Ende die Verantwortung bei allen liegt. Sie haben einen Vorarbeiter, der ein sehr vernünftiger Mann ist. Ich würde es wagen, ihm das alles zu erklären, um seine Meinung zu erfahren, und wenn er so denkt wie wir, dann könnten wir seiner Meinung nach etwas versuchen, ohne dass dein Vater es herausfindet, zumindest vorerst.

»Die Idee ist, dass sich ein paar Männer auf der Suche nach einem Ort der abgelegensten und verstecktesten der Weiden, an dem es schwierig ist, dorthin zu gelangen, darauf konzentrieren, so viel wie möglich zu graben, auf der Suche nach einem möglichen Brunnen. In den Schuppen befinden sich lange Eisenrohre, die als Ersatz für die Rohrstücke dienen, die die Teiche verbinden. Mit ihnen könnten sie einen Aufsatz versuchen, obwohl ich weiß, dass es nicht sehr wissenschaftlich wäre, aber wer weiß, es wäre zumindest eine Einführung in das, was andere tun, und wenn einer der anderen in diesem Sinne Glück hat, warum nicht? akzeptieren, dass es hier auch war?

Es gibt keine andere Lösung, Virginia. Entweder ist das Scheitern durchschlagend, oder wir ertrinken alle im Öl; aber ja, das sind wir alle und nicht nur wenige.

»Glück durch Glück; Wenn die Rinderfarm verloren geht, kommt das Öl hoch und später ... nun, mit dem, was es ergibt, können Sie von vorne beginnen, auch wenn Sie dieses verdammte Land verlassen und nach Texas gehen müssen, oder wo Vieh sind garantiert nicht durch Öl vergiftet.

„Ihre Idee ist gut, Gleen, aber... was ist, wenn mein Vater es herausfindet?

„Wenn er es im Voraus erfährt, kann er nur das weitere Graben verbieten. Ich übernehme die Verantwortung für die Idee und lasse es sein, was Gott will.

„Nach wie vor ist es selbstmörderisch, gegen den Strom zu schwimmen, und es wird auferlegt, dafür zu schwimmen.

Virginia stimmte schließlich zu und versprach Gleen, mit dem Vorarbeiter zu sprechen und ihm die Idee vorzustellen.

Der Vorarbeiter dachte tief nach, bevor er antwortete, und sagte schließlich:

„Ich denke, die beste Lösung könnte das sein. Ich weiß, dass es dem Chef nicht gefallen wird, weil er davon besessen ist, nichts über Öl zu wissen, aber wenn es jemals fließen und es zerstören muss, sollte er zumindest eine Entschädigung bekommen. Was Sie einerseits verlieren, gewinnen Sie andererseits, und wenn Sie wollen, werden wir woanders hingehen, um eine neue Ranch zu errichten, wo uns diese Hölle nicht bedroht.

„Deshalb werde ich Ihre Idee unterstützen. Ich denke, es gibt einen sehr guten Ort, um es auszuprobieren, denn wenn wir Öl darin finden, haben wir daneben eine tiefe Schlucht, die als natürliches Floß dienen könnte, um es zu sammeln, ohne einen Tropfen zu verlieren, bis sich jemand darum kümmert abfüllen und von dort entfernen. Sobald die Dinge erledigt sind, lassen Sie sie mit dem Kopf erledigen.

„Großartig! rief Gleen. Wollen Sie, dass wir uns diesen Ort ansehen?

"Lass uns da hin gehen.

Der Besuch überzeugte beide jungen Männer von dem Grund, warum er dem Vorarbeiter half. An dieser Stelle, die auch durch wilde Hecken geschützt war, um die dort handelnden Personen zu verstecken, konnte sie, falls Öl aufsteigen sollte, durch eine zu diesem Zweck erweiterte Spalte absteigen und in eine lange und tiefe Schlucht fließen, die sich tiefer als dieser Boden öffnete , in einer Entfernung von zwanzig Metern.

Im Einvernehmen stimmte der Vorarbeiter mit ihnen überein, nach einer Erklärung des Grundes für diesen Versuch ein paar vertraute Männer auszuwählen und sie dieser Arbeit zu widmen. Wie gute Cowboys hassten sie auch Öl und würden einen solchen Job nicht aus eigenem Vergnügen machen.

Alle mussten aufpassen, dass Fuchs nichts von dem Manöver erfuhr, damit sie nicht mit Dynamit die Löcher graben konnten, weil sie sich melden würden und Fuchs gegen die Verschwörer wütend werden würde. Und sobald diese Angelegenheit geklärt war, warteten alle darauf, was kommen könnte.

Niemand wusste, dass sie unter ihren Füßen ein schreckliches und erweitertes Fass mit Schießpulver hatten, das von einem Moment zum anderen auf tragische Weise explodieren konnte, und dass die paradoxe Zündschnur, die es zum Fliegen bringen würde, die erste schwarze Ölspritze sein würde, die aus ihren Eingeweiden hervortreten würde.

Eine tödliche Woche war vergangen, seit Alvin in seiner Ausrüstung angekommen war, und obwohl das Fieber des Wahnsinns überall arbeitete, blieb die Situation unverändert.

Dutzende flacher Brunnen wurden angelegt und mit Dynamit gefüllt, das die Löcher vergrößerte, wenn es explodierte, aber Spuren von Öl waren nirgends zu finden.

Alvin fühlte sich noch nicht hoffnungslos. Er übte, was das war, er hatte vergeblich genug Löcher gegraben, zumindest in bestimmten Tiefen, aber dies hatte den Technikern geholfen, das Gelände, die Vibrationen und andere technische Aspekte des schwierigen Problems zu untersuchen.

Und er wusste von Brunnen, die Wochen und sogar Monate in Anspruch genommen hatten, einige waren steril und andere, um letztendlich das gewünschte Produkt, die Hartnäckigkeit und die Kosten für dieses unsichere Geschäft zu liefern.

Aber einige von denen, die, von diesem Fieber infiziert, mit viel weniger praktischen Mitteln als Alvin versucht hatten, auf eigene Faust zu suchen, begannen sich hoffnungslos zu fühlen. Sie waren von der ersten Absicht an halluziniert worden, glaubten, dass dies etwas sehr Einfaches und Schnelles sei, und sie sahen besorgt zu, wie die Tage vergingen, sie verwendeten ihre Energie in diese enorme Arbeit und das Ergebnis war negativ, mit doppeltem Schaden für sie, denn die der Rest ihrer Arbeit, die bis dahin praktisch und lohnend war, hatte ihn verlassen und sich dem Verlust beider ausgesetzt.

Innerhalb von zwei Wochen nach Beginn der Arbeiten hatten die wenigsten Patienten entsetzt ihre Hacken und Schaufeln geworfen und starrten wütend auf die tiefen, trockenen, sterilen Gruben und die riesigen Erdhaufen, die sich an den Seiten auftürmten und einen Raum einnehmen, der etwas anderem gewidmet, hätte es mehr Leistung gegeben.

Und schmollend und niedergeschlagen suchten sie einander, um Eindrücke auszutauschen und sich gegenseitig zu ermutigen, wenn dies möglich war.

„Was meinst du?", fragte einer. „Wir verschwenden Energie und Zeit seit mehr als zwei Wochen, und es ist von nichts zu spüren. Glaubst du, dass wir endlich etwas erreichen?

„Wer weiß?" antwortete ein anderer heiser." Ich habe meine Felder verlassen, die meine Aufmerksamkeit mehr denn je erforderten und mir geht es wie dir. Ich fange an zu glauben, dass wir etwas Verrücktes getan haben, um uns von der Hartnäckigkeit davon verführen zu lassen Kerl, der uns alle revolutioniert hat.

"Das scheint mir", bestätigte ein Dritter. Fuchs versicherte uns mehrmals, dass alles aus einem persönlichen Gegensatz zwischen ihm und diesem Mann geboren wurde. Wir werden ihm am Ende zustimmen müssen, und wie soll er uns auslachen, wenn er der einzige ist, der klar gesehen hat.

"Es ist noch nichts zu sagen", versicherte ein anderer, der immer noch hoffte, seinen Ehrgeiz zu erreichen. Brown hat mir erzählt, dass dieser Alvin nicht enttäuscht ist und dass seine Männer immer noch hart arbeiten. Er versichert, dass zeitweise Löcher gegraben wurden, die zwei und drei Monate gedauert haben, um das Öl zum Schwall zu bringen.

„Nun, es ist möglich, aber ... wer kann drei Monate lang und ohne Mittel wie er graben? Wenn ja, würden wir anderthalb Jahre brauchen, um diese Tiefe zu erreichen.

"Ich denke schon", antwortete die erste "und ich denke, dass wir dumm gewesen sind, uns selbst auf die Suche zu machen. Wenn es Öl gibt und dieser Typ es herausbringt, wird er daran interessiert sein, weiter Brunnen zu bohren, und das ist es er, der mit uns umgehen muss, um andere auf unseren Grundstücken zu öffnen.

„Aber wenn er es tut, wird er mehr davon wollen.

„Es ist natürlich, aber wenn wir es nicht zum Keimen bringen können, wenn wir es nicht geben, denken Sie, dass die gesamte gespeicherte Flüssigkeit aus Ihren Brunnen kommt und wir unseren Teil verloren haben.

„Das ist wahr. Wir werden uns auf ihn verlassen müssen

"Aber wenn "ein anderer" nicht gefunden wurde und dieser Typ mit seiner Behinderung woanders hin muss, wird er natürlich nicht mehr verloren haben als das Geld, das er verwendet hat, aber wir, in welcher Situation werden wir zurückbleiben? Wir sind aufgestanden zu Herrn Fuchs, und von nun an werden unsere Beziehungen nicht mehr so herzlich sein, er ist wütend über alles, was passiert ist und will nichts von uns hören.

"Nun, da ist er", bekräftigte einer. „Bis jetzt habe ich nur von dem gelebt, was mir mein Eigentum gibt.

„Und sie alle, aber manchmal… haben uns unsere Probleme gezwungen, uns an ihn zu wenden, und er hat uns immer geholfen. Ich denke nicht, danach werde ich.

„Ja, man weiß nie, wie man es richtig macht.

"Es ist eine Schande", kommentierte ein anderer, "denn wenn es hier viel Öl gibt, haben Sie dann aufgehört, über den Nutzen nachzudenken, den wir in kurzer Zeit bekommen würden? Allein der Verkauf unseres Landes an die Firma würde uns das Zwanzigfache seines Werts einbringen jetzt, und es ist das Risiko wert, wenn es eine Chance gibt, auf diese Weise zu gewinnen.

„Das muss man sehen. Da es lange dauert, etwas zu finden, werden wir alle pleite oder ähnliches enden.

Aber Alvin machte sich keine Sorgen über die Entmutigungen der anderen Besitzer. Er wusste was das war und ließ sich nicht so schnell entmutigen, obwohl er schon anfing nervös zu werden, denn wenn er scheiterte, abgesehen vom lächerlichen Laufen, hätte er einen Großteil dessen, was er gerade gesammelt hatte, für die Brunnen verkauft und seine Rache an Fuchs wäre ich enttäuscht.

Aber er hatte noch Hoffnung. Der Ingenieur, der ihn und seine Assistenten begleitet hatte, studierte ständig die Eigenschaften der Explosionen, untersuchte die abgebaute Erde und wartete auf ihre Arbeit.

Tage später zitterte Alvin vor Rührung, als er durch das hohle Rohr, das in die Erde versank, einen seltsamen Geruch wahrnahm, den er bis dahin nicht wahrgenommen hatte. Es war wie ein sehr schwacher Geruch von Petroleum in der Ferne, aber dennoch ein Geruch.

Er beriet sich mit dem Ingenieur, der ihm sagte:

„Es ist sehr gut möglich, dass es sich um ein Vorläufergas für den Bohrlochplatzer handelt. Wenn ja, haben Sie leider nicht den Boden, um ihn sofort aufzunehmen. Es geht viel Öl verloren.

Und Alvin sagte mit heftigem Akzent:

„Ich habe es vorausgesehen und es ist mir egal; Mein Wunsch ist vielmehr, dass es sich um einen großen Expansionsbrunnen handelt, der viele Gallonen Öl pro Minute ausstößt.

„Um mehr Geld zu verlieren?

„Dieses Land an einem Tag zu erobern und diese Hänge hinabzusteigen. Siehst du da unten den Weißdornzaun? Nun, es ist derjenige, der die Weiden von dem Mann trennt, den ich auf der Welt am meisten hasse und der mich am meisten hasst. Wenn ich dir sage, dass ich hierher gekommen bin, um mein Geld und sogar mein Leben zu riskieren, um mir das Vergnügen zu geben, das Öl ausströmen zu sehen und wie ein Wasserfall zu deinen Weiden hinabzustürzen, nur um sie wegzuspülen und in eine Ruine zu verwandeln, bin ich dich nicht anlügen. Dies ist mein größtes Vergnügen, und um es zu erreichen, würde ich alles geben, was mir in einem entstehenden Brunnen nützlich sein kann.

„Nun, wenn ja, vermute ich, dass seine Rache kurz vor der Vollendung steht. Es bleibt abzuwarten, wie die Reaktion des "Begünstigten" ausfallen wird.

„Ich nehme an, sie, und ich bin auf sie vorbereitet, deshalb habe ich hier vierzig Männer, die ihnen ein gutes Gehalt dafür zahlen, dass sie bisher nichts getan haben. Sie haben die Mission, die Wut meines Feindes zu empfangen, und ich hoffe, dass er die letzte und tödlichste für ihn bekommt, wenn er sich entschließt, mich zurückzuschlagen.

Die Nachricht, dass Gassymptome aus dem Hauptbohrloch auftraten, das gerade geöffnet wurde, verbreitete sich wie ein Lauffeuer auf den Grundstücken. Schließlich schien es, als würden die Projekte der hartnäckigen Wildkatze Wirklichkeit werden und Öl als Versprechen auftauchen, das nicht nur einen, sondern viele erreichen könnte.

Und wieder überfiel das Fieber, weiter zu erkunden, alle. Diejenigen, die die Gipfel verlassen hatten, um zurückzukehren, um ihre Ernten zu pflegen, vergaßen diese, um die Arbeitswaffen wieder aufzunehmen, und ein Fieber des Wahnsinns breitete sich im Tal von einem Ende zum anderen aus.

Jeder ahnte, dass der Ausbruch nahe war und irgendwann, was für manche schon eine Entelechie war, Realität werden würde.

Das Fieber war so groß, dass die Suchfahrt nachts gespleißt wurde. Petroleumlampen beleuchteten phantastisch die Arbeitsplätze, an denen der eine und der andere nach ihren Mitteln kräftig bissen.

Und es war ungefähr drei Uhr morgens, als das Öl in der Quelle, in die Alvin seine Hoffnungen gesetzt hatte, kraftvoll und mutig quoll. Durch das hohle und dicke Rohr des Bohrturms stieg der riesige Strahl auf, erreichte eine Höhe von Dutzenden und halben Metern und sank später, nachdem er die Kraft der Expansion verloren hatte, in einem schwarzen und pestilenziellen Strahl nieder, der die verschiedenen Arbeiter erfasste Sie arbeiteten beim Bohren und er verkleidete sie, indem er sie in schwarze Geister verwandelte, die von fauliger Flüssigkeit triefen.

Ein riesiger Freudenschrei brach aus Dutzenden von Kehlen über den lang erwarteten Fund aus, und während die Flüssigkeit weiter in den schwarzen Raum der Nacht strömte, in einem ununterbrochenen Strom. Die Kehlen waren heiser und schrien:

„Erdöl! Erdöl!

Und die vom Wind getragenen Schreie erreichten Fuchs' Ranch wie ein Kriegshorn.

Die Stunde der Schlacht hatte geschlagen, und es würde keine menschliche Macht geben, die sie für einen einzigen Moment aufhalten konnte.

KAPITEL X

FEUER IN DER HÖLLE

Das Licht des neuen Tages ermöglichte es, die Landschaft zu registrieren. Der wütende Fuchs blickte sehnsüchtig in die Ferne. Im rötlichen Morgenlicht war der Ausguss des verfluchten Öls wie ein schwarzes Gleichnis, das die Klarheit der Landschaft befleckte, und die schmutzige Flüssigkeit, die keine ausreichenden Sammelplätze hatte, hatte verschiedene Furchen gebildet, wie vergiftete Schlangen, die durch den Fluss herabstiegen. abschüssiges Gelände und den Blick hinunter auf die Fuchsweiden, um sie zu betreten.

Und der Rancher erkannte, dass die Katastrophe bereits unvermeidlich war, und begann wie ein Verrückter zu brüllen:

„Meine Männer an mich, wir müssen diese Bastarde wegfegen, die uns feige ins Verderben gebracht haben!

Die Peones bereiteten wütend ihre Pferde vor, um sich in den Kampf zu stürzen, und Virginia wollte ihren Vater verängstigt aufhalten, aber er wies sie abrupt zurück, um blind auf die Stelle zu stürzen, an der das Öl weiter floss und die Menschen fütterte Bäche, die bereits begonnen hatten, durch den Weißdornzaun zu sickern.

Als Gleen den Gemütszustand seines Onkels bemerkte, konnte er nichts anderes tun, als auf das Pferd zu springen und zu versuchen, dem Rancher zu folgen, um ihn nach besten Kräften zu beschützen.

Er wusste, dass es keine menschliche Kraft gab, die ihn in seinem Eifer aufhalten konnte, zu kämpfen und zu gewinnen oder zu sterben.

Das Team, das mit der gleichen Wut wie ihr Arbeitgeber infiziert war, da auch sie von der möglichen Ruine der Ranch betroffen waren, hatte sich beeilt, ihre Reittiere und Waffen anzufordern und bereitete sich auf den harten Kampf vor. Wie eine Lawine verließen sie die Weiden und stürzten sich ungestüm auf die Stelle, an der das Öl sprudelte, bereit, alles zu zerstören, was ihnen in den Weg kam.

Alvin, der die heftige Reaktion seines Feindes vorausgesehen hatte, hatte seine Männer auf den Zusammenstoß vorbereitet, und so eilten ihre Wachen, sobald sie merkten, dass das Team auf ihnen war, ihnen entgegen, um sie abzuschneiden und nicht zuzulassen sich dem Brunnen zu nähern.

Bald wurde dieser Teil des Tals zu einem schrecklichen Schlachtfeld. Sie hatten sich schnell aufgelöst, um keine kompakte Masse zu bilden, die Schüsse leicht darauf zu konzentrieren, und sie suchten sich mit wilder Wut, bereit, sich gegenseitig zu vernichten.

Die Gewehre waren die ersten, die ihr Todeslied sangen und aus der Ferne schossen, aber als der Schwung der Pferde den Boden abschnitt und sie anstürmten, waren die Gewehre nervige und unpraktische Waffen, sodass sie schnell durch die "Colt »Easier to praktischer für einen Nahkampf.

Die Siedler, die von dem tragischen Bild, das ihnen geboten wurde, erschrocken waren, flohen vom Schlachtfeld, suchten Zuflucht in ihren Hütten oder zerquetschten sich zwischen den Feldern, um die Leiche dem Sturm der Geschosse zu stehlen, die unheimlich um sie herum zischten.

Alvin, angestachelt von seinem Hass auf Fuchs und fürchtete, der verzweifelte Angriff seiner Männer könnte seinen eigenen überwältigen und das zunichtemachen, was ihn so viel Mühe und Geld gekostet hatte, blieb nicht untätig. Er war kein Feigling, er wurde durch einen heftigen Hass gegen seinen Feind ermutigt und er verstand, dass er sich dem Kampf anschließen und ein Beispiel geben sollte, damit andere keine Ohnmacht verspürten, die für sie tödlich sein könnte.

Und als ein weiteres Mal warf er sein Pferd in den Strudel des Kampfes und suchte im Trubel der Teammitglieder nach dem Rancher. Wenn er sich entlarven musste, wollte er es tun, indem er persönlich nach seinem Rivalen suchte.

Fuchs, von der gleichen mörderischen Gesinnung beseelt, suchte auch nach ihm, aber es gab noch etwas anderes, das ihn besessen hatte und das zum Hauptziel seines Angriffs geworden war.

Als er die Ranch verließ, hatte er wütend einige Büschel harziger Pflanzen entwurzelt, die er auf dem Sattel anzündete, ohne bei dieser Arbeit aufzuhören. Green beobachtete ihn und wollte ihn beunruhigt fragen, was er vorhabe, aber der Rancher ignorierte ihn und galoppierte weiter hektisch weiter, und der junge Mann gab auf, beschränkte sich darauf, ihm zu folgen, als wäre er sein Schatten, aus Angst vor jedem tragischen Exzess des erhabenen Viehzüchters, der die Kontrolle über sein Denken verloren hatte und nur von einer schrecklichen Idee beseelt wurde: der, alles zu zerstören, was ihm im Weg stand.

Und Gleen fühlte sich immer mehr bedrückt, als er seinen Onkel direkt auf den aufrechten Turm galoppieren sah, der in den Feldern eines Siedlers steckte, aus dessen Kuppel noch immer die dicke Tülle der Tülle schwarz und faul spross.

Was hatte es vor? Unruhe überkam ihn und er versuchte ihrem Vordringen zu widerstehen. In diesem Teil hatten sich ein Dutzend Wachen versammelt, die entschlossen waren, ihren Feinden nicht zu erlauben, den Brunnen zu erreichen.

Auch der Mannschaftsführer hatte den geraden Weg seines Gönners bemerkt, er beeilte sich zu manövrieren, um nicht von ihm getrennt zu werden, und schleppte drei weitere Männer hinter sich her, die alle eine kleine Gruppe bildeten, isoliert von den übrigen Kämpfern.

Die Wächter des Brunnens beeilten sich, die Entfernung zu schließen, kamen vor dem Rancher heraus, um ihn daran zu hindern, den Brunnen zu erreichen, aber Fuchs' Hände waren zwei Todesvulkane, die die beiden "Colts" handhabten, mit denen er ausgestattet war.

Seine Anhänger handhaben auch die doppelte Anzahl von Waffen wie die aktuelle, und somit feuerte jeder Mann um zwei und verdoppelte seine Angriffs- und Verteidigungsstärke.

Einige Minuten lang schienen beide Seiten von der Wucht der Kollision gestoppt zu werden. Die Revolver arbeiteten, um Tod und Schrecken zu säen, und vier der Wachen fielen von ihren Pferden, während sich zwei von Fuchs' Bauern über ihre Pferde beugten und die halluzinatorische Liebkosung der Kugeln erhielten.

Aber die Dynamik des Ranchers war überwältigend, unterstützt von dem Vorarbeiter und seinem Neffen. Zwei neue Feinde wurden gut getroffen, die anderen wurden zum Rückzug gezwungen, verfolgt von den Angreifern.

Aber plötzlich wurde der Rancher aufgehalten, er zog das dicke Bündel harziger Zweige, das vom Sattel hing, und holte ein Streichholz heraus und zündete es an.

Das Harz begann zu brennen und die Äste drohten in den Händen des Viehzüchters zu einem kleinen Feuer zu werden, der blind vor Wut, ohne die Gefahr abzuschätzen, eilig auf den Brunnen zugaloppierte.

Als Gleen merkte, dass er zurückgefallen war, drehte er den Kopf, um ihn zu suchen, und entdeckte ihn mit den brennenden Zweigen in seinen Händen, erriet den Wahnsinn, den er begehen wollte, und brüllte erschrocken:

„Onkel! Onkel! Zurück ... nein, nicht das ... bei allen Heiligen! James ... hilf mir, ihn zurückzuhalten!

Und es war unmöglich, ihn zu erreichen, bevor er sein schreckliches und dramatisches Werk beendet hatte. Blind ging er auf die hohe Tülle zu, und als er an eine Stelle kam, von der er dachte, dass sie die brennenden Zweige werfen könnte, riss er mit schrecklichem Mut seinen Arm und warf sie in die brennbare Flüssigkeit, die beim Fallen ein kleines Floß bildete.

Sofort versuchte er zurückzuweichen, hatte aber keine Zeit. Die Gase dieser schrecklichen brennbaren Masse dehnte sich bei der Explosion aus. Der Viehzüchter und sein Reittier, gefangen in dem Sprengkegel, wurden wie Geschosse geworfen, und Gleen sah wie der Vorarbeiter entsetzt zu, wie beide Körper vor ihnen geschleudert wurden und sie fast überwältigten, als sie halb zerstört zu Fall kamen bis genug Meter entfernt.

Gleen und der Vorarbeiter hatten den gleichen schrecklichen Tod wie der Rancher durch ihre Verspätung, ihn zu erreichen, glücklicherweise erspart, aber dennoch litten sie unter der erstickenden Hitze der enormen Hitzewelle, die durch das Feuer fegte.

Und sofort geschah etwas Danteskes, das allen die Haare zu Berge stehen ließ, denn daran war nie gedacht.

Nun erhob sich nicht mehr eine schwarze Masse vom Turm des Brunnens, sondern ein kontinuierlicher Flammenstrom, der sich auf den Boden ergoss. Das Feuer war, indem es schnell lief, den Furchen voller Öl gefolgt und hatte das Feuer über das Land verteilt, in Richtung der Ranch, wo das geförderte Öl bereits sickerte, und als Ergänzung hatten sich die Flammen, während sie sich ausbreiteten, umarmt. das trockene Gras des grasbewachsenen Landes, bis zu den Ähren, die von den Feldern abgeschnitten werden sollten, und die Landschaft war zu einem heftigen Flammeninferno geworden, das sich von einer Seite zur anderen ausbreitete und Felder, Felder, Schuppen, Baracken, Werkzeuge verschlang und wie viel das unersättliche Element auf seinem Weg fand.

Die verängstigten Kämpfer hatten aufgehört zu kämpfen, da sie sich der Gefahr bewusst waren, die über ihnen drohte und gegen die sie nicht kämpfen konnten. Darüber hinaus zwang das Feuer, indem es ohne Fixierung von einem Ort zum anderen lief und drohte, sie in sein Feuer einzuhüllen, sie zum Rückzug, zur Flucht aus der Hölle, die sie schließlich mit ihrem unstillbaren Verlangen nach Zerstörung verschlingen würde.

Gleen, erschrocken, nur ein wenig von dem barbarischen Schock erholt, galoppierte zu der Stelle, an der Fuchs und sein Pferd unkenntlich am Boden liegen geblieben waren, und lief aussteigend auf die zerstörte Leiche seines Onkels zu Vorarbeiter, der wütend war und unter dem schrecklichen Schock zusammengezogen war.

Alvin seinerseits, der unweit des Schauplatzes der schrecklichen Katastrophe kämpfte und von dem Selbstmordmanöver des Viehzüchters überrascht wurde, leistete einen schrecklichen Eid, und mit einem von einer unehrenhaften Grimasse konzentrierten Zorns verzerrten Gesicht schoss er sein Pferd vorwärts , auf der Suche nach dem Rancher, der all die giftige Wut, die seine Seele verschlang, mit mehr Kraft in ihm löschte als das Feuer, das begann, alles in seiner Reichweite zu verschlingen.

Und er war fast über Gleen und dem Vorarbeiter, als sie versuchten, Fuchs' Leiche hochzuheben, wegzutragen und zu verhindern, dass das Feuer sie erfasste.

Gleen hatte kaum Zeit, den ungestümen und verzweifelten Vormarsch von Alvin zu bemerken, der mit dem Revolver in der Hand sein Pferd außer Kontrolle über die Gruppe warf.

Der junge Mann ergriff in einer verzweifelten Bewegung den Revolver, den er neben sich gelassen hatte, als er sich über den Körper seines Onkels beugte, und schoss auf Alvin, als er es wiederum tat, als er ihn erkannte.

Gleen hatte nur zwei Kugeln im Lauf des Revolvers, und beide waren eifrig auf den Körper des Ex-Händlers gerichtet, als er sich seitlich auf sein Pferd lehnte, um ebenfalls zu schießen.

Alvin stieß einen unglaublichen Schmerzensschrei aus, drehte sich komplett auf die Seite und fiel zu Boden, wo er zwei tragische Wendungen machte, um zu schrumpfen, während Gleen den Sog einer der Kugeln seines Gegners spürte, die seinen linken Arm streiften.

Aber zum Glück war seine Wunde nicht ernst, während die beiden, die Alvin erhalten hatte, zwangsläufig tödlich waren.

Die Auflösung ging so schnell, dass als der Vorarbeiter eingreifen wollte, alles vorbei war.

Aber es war keine Zeit für einen Kommentar. Das Feuer drang überall vor, und Gleen schrie aus Angst, im verschlingenden Scheinwerferlicht zu stehen:

„Bald, James, nimm das Pferd dieses Geiers! Du musst die Leiche meines Onkels hineinlegen und hier verschwinden, bevor es zu spät ist. Der armen Virginia auf den Fersen auf den Fersen, erfährt sie vom tragischen Tod ihres Vaters.

Der halbzerstörte Leichnam wurde im Sattel von Alvins Pferd gekreuzt und ließ ihn zurück, und das gequälte Paar beeilte sich, aus diesem Kohlenbecken zu fliehen, um auf die Ranch zu gehen.

Der Kampf hatte aufgehört. Die Peons hatten sich, bevor sie von den Flammen, die überall aufkamen, verschlungen, auf die Ranch zurückgezogen, die Überlebenden von Alvins Gruppe entkamen mit der Pferdekralle der enormen Gefahr, während die Besitzer des unheimlichen Ortes wiederum erschrocken flohen und fast im Stich gelassen wurden alles, denn die Wucht des Feuers war so groß, dass sie kaum das Nützlichste und Wesentliche aus ihren Kabinen herausholen konnten.

Die Gefahr wurde stark erhöht, als das Feuer, das sich ausbreitete, die verstreuten Dynamitladungen erreichte, die zur Erkundung vorbereitet wurden.

Kontinuierlich wurden heftige Explosionen eingefangen, die das Bild tragischer machten, die Erde sprang in Staubvulkanen und alles trug dazu bei, das Panorama unheimlicher zu machen.

Als die kleine Gruppe zur Ranch hinabstieg, füllten sich ihre Augen mit Tränen und Schmerz, als sie beobachteten, wie die Ölströme, als sie Feuer fingen, das Feuer parallel zu einer der Seiten der Hacienda gelegt hatten.

Und dies hatte den letzten Akt des gewaltigen Dramas provoziert. Das vom Feuer überraschte Vieh war verrückt geworden und hatte sich blindlings auf den Weißdornbaum geworfen, ihn an verschiedenen Stellen abgeschnitten und in alle Richtungen geflohen, um das Bild noch eindrucksvoller zu machen. Virginia, die vor Schreck fast in Ohnmacht gefallen war, als sie von der Ranch aus beobachtete, wie das Feuer ausgebrochen war und es die Hänge in Richtung Ranch hinunterlaufen sah, hatte sich beeilt, ihre Jackfruit zu besteigen, um der unmittelbaren Gefahr zu entkommen, in der sie sich befand.

Und aus Angst um das Leben seines Vaters hatte er sich in Richtung des Kampfplatzes gestürzt, ohne sich darum zu kümmern, was ihm bei diesem blinden Versuch, den Rancher zu finden und ihn zum Rückzug aus der Katastrophe zu zwingen, zustoßen würde.

Und die Begegnung war tragisch schmerzhaft, als er Gleen gegenüberstand, mit einem verwundeten Arm und blutbefleckten Kleidern und einer Leiche, die er nicht erkennen konnte, die schlaff vom Stuhl hing.

Als er Gleen und den Vorarbeiter sah, näherte er sich und rief:

„Gleen! Gleen! Aus Mitleid! Wo ist mein Vater?

Gleen und der Vorarbeiter blieben schockiert stehen, wagten nicht zu antworten, aber sie fixierte ihre erschrockenen Augen auf die schwankende Leiche, stieß einen beeindruckenden Schrei aus und rannte zu ihm, umarmte ihn mit unendlicher Verzweiflung.

-- Papa! Papa!

Gleen ignorierte ihre Verletzung und versuchte sie von dem zerschmetterten Körper zu trennen, während sie heiser sagte:

„Niemand konnte mir helfen, Virginia. Als wir mit Alvins Männern kämpften, hat sich dein Vater versehentlich losgerissen und einige harzige Zweige, die er auf seinem Sattel trug, angezündet und in die Ölquelle geworfen. Er konnte der ausgedehnten Luftwelle bei der Explosion nicht entgehen und wurde wie eine Kugel geschleudert. Er hat sich selbst umgebracht, und niemand konnte ihm helfen, aber wenn es dich tröstet, sage ich dir, dass ich Alvin getötet habe, das Monster, das uns diese schreckliche Katastrophe gebracht hat. Zumindest wird er weder vom Öl profitieren noch den Tod genießen

„Das gibt mir meinen Vater Gleen nicht zurück, es wird nicht einmal mein Vermögen retten. Sehen Sie, können Sie nicht sehen?

„Ich sehe es und ich sehe auch, dass das Feuer entlang und nicht über die Weiden läuft, warum?

Der Vorarbeiter sagte taub:

"Lass uns dorthin gehen. Hier lösen wir nichts und müssen es stattdessen, wenn etwas getan werden kann, mit den Männern versuchen, die unversehrt zurückgekehrt sind. Ich hätte dir etwas zu sagen, aber wenn wir auf der Ranch ankommen.

Gleen half Virginia aufs Pferd, und sie kehrten zur Ranch zurück, wo ein Dutzend oder mehr Peons unversehrt zurückgekehrt waren und vier weitere bei den Kämpfen verwundet hatten.

Der Vorarbeiter fragte:

„Was ist los? Wie ist das Feuer nicht eingeflossen?

„Es wurde durch das Bachbett, das entlang des Zauns verläuft, und die beiden Teiche gestoppt. Außerdem bläst die Luft in die entgegengesetzte Richtung.

„Also, Jungs, ihr müsst dem Bach helfen, damit das Feuer nicht auf die andere Seite übergehen kann. Eine Anstrengung, so weit unsere Kräfte gehen können und auf dieser Seite des Flusses im Vorgriff eine Barriere aus Erde errichten. Achten Sie darauf, dass es keine trockenen Äste oder brennendes Gras enthält. Was ist mit Vieh?

„Fast alles ist entkommen, Vorarbeiter. Es gibt Rinder am Ende der Weide, aber furchtbare Angst. Wer weiß, ob die anderen zum Fluss geflohen sind, darin versinken oder verbrannt umgekommen sind.

„Nun, das Unheilbare hat kein Heilmittel. Wir wissen nicht, was passieren wird oder was das Ende sein wird, aber was gerettet werden kann, muss gerettet werden. Sicher scheint nur, dass dies nie wieder eine Ranch und Weide sein wird. Das Öl wird das Gras auf die eine oder andere Weise töten und das Vieh, wer weiß, was geerntet werden kann. Aber noch ist nicht alles verloren, obwohl der Chef gestorben ist und seine Tochter auf der Welt allein gelassen ist, ist ihre Mutter bekanntlich in Texas und kümmert sich um eine ihrer Schwestern, die krank ist, und obwohl sie es nicht schaffen wird um die schreckliche Überraschung zu vermeiden, den Tod ihres Mannes zu erfahren, wäre zumindest das Grauen beim Betrachten dieses Gemäldes vermieden worden.

Gleen und Virginia hatten Fuchs' Leiche in die Ranch gebracht. Diese schien im Moment nicht von den Flammen verschlungen zu werden, da das Glück das Abtropfen des Öls aufgrund des Bachbettes und der Teiche verhindert hatte.

Nachdem er solche Vorkehrungen getroffen hatte, schloss sich der Vorarbeiter dem bedrängten Paar an und erklärte:

"Herr. Gleen, du darfst deine Wunde nicht verachten. Du hast viel Blut verloren und musst auf diesen Arm aufpassen.

Er zuckte bestürzt mit den Schultern, aber Virginia reagierte und rief aus:

„Tut mir leid, Gleen, ich wurde von dem schrecklichen Schmerz mitgerissen, den mir der Tod meines Vaters zugefügt hat, und ich habe alles vergessen. Ich werde Sie heilen, so lange ich kann, bis ein Arzt Sie besuchen kann.

Er suchte nach einer Kiste mit Medikamenten und bereitete sich darauf vor, den Verwundeten zu behandeln. Dabei sah er den Vorarbeiter gequält an und murmelte zwischen Schluckauf:

„Es ist vorbei! Für uns, für dich und für deine Männer.

Der Vorarbeiter antwortete unentschlossen:

„Das stimmt, wir müssen es zugeben, aber ich muss Ihnen etwas mitteilen. Ich konnte es gestern Abend nicht tun, weil es so gekommen ist, aber jetzt erzähle ich es dir. Am späten Nachmittag kamen die beiden Arbeiter, die an dem zu öffnenden Brunnen arbeiteten, sehr aufgeregt und sagten mir, dass sie es nicht wagten, weiter zu graben, weil der Boden feucht geworden war und die Erde nach Öl roch. Sie haben ungefähr sechs Meter zurückgelegt, und es sieht so aus, als ob das Öl gleich platzen würde. Ich wollte Sie finden, um zu fragen, was wir tun, aber ich konnte nicht mit Ihnen sprechen und musste es für später aufheben. Jetzt lasse ich es dich wissen.

„Hast du es gesehen?", fragte Gleen, als sie ihn heilten.

„Ja, und ich habe bestätigt, dass es wahr ist. Ich bin der Überzeugung, dass mit wenig mehr, was vertieft wird, Öl entstehen wird, aber ich habe verstanden, dass es nicht weitergehen sollte. Außerdem befahl ich, Schmutz über das Loch zu schütten, um es vorerst versteckt zu halten. Ich wusste nicht, wie der Chef reagieren würde, und dachte, dass es im Moment ausreicht, zu wissen, dass es genauso wie in anderen Teilen des Tals auch hier Öl gibt. Und ich verstehe, dass dies zumindest böse ist. Wenn die Ranch verloren geht, weil hier kein Vieh mehr gezüchtet werden kann, haben Sie zumindest ihren Wert oder noch viel mehr in Öl. Ich weiß, sie hassen ihn wie wir alle, aber sie können immer das größte Land verkaufen, mit dem, was es an dieser widerlichen Flüssigkeit enthält, und dann ... Nun, nicht mehr, weil der Boss gestorben ist, Miss Virginia und ihre Mutter werden kein Interesse daran haben, weiterhin Rinder zu züchten, auch wenn es an einem anderen Ort ist, aber sie werden zumindest eine ordentliche Menge Geld erhalten und sie werden nicht im Elend sein. Was uns betrifft ... wir gehen zurück nach Texas und Gott wird es sagen.

Virginia wandte sich an ihn und sagte:

„Darüber werden wir reden. Mein Vater hat Sie sehr geliebt, Sie haben ihn unterstützt, Sie haben sich entlarvt, Sie haben Ihr Leben riskiert, um ihm zu helfen und sein Eigentum zu verteidigen, und einige haben es verloren. Wenn Sie genug sparen, um etwas Neues auszuprobieren, wird weder von mir noch von meiner Mutter verlassen. Im Moment kann ich nichts sagen. Wir müssen abwarten, wie diese Tragödie endet, aber später wird die Zukunft ihr letztes Wort haben.

"Danke, Miss Virginia", antwortete der Vorarbeiter gerührt. Sie wissen, dass wir Sie alle lieben und dass Sie uns, wenn Sie uns brauchen, als einen Mann an Ihrer Seite haben. Jetzt werde ich sehen, was die Jungs tun, damit das Feuer nicht weiter reichen kann und ... das Schicksal hat sein letztes Wort.

Virginia beendete die Behandlung des Arms ihrer Cousine und sagte etwas ruhiger:

„Gleen, ich habe dir nicht so gedankt, wie ich es hätte tun sollen, obwohl du nicht mehr tun konntest. Danke von ganzem Herzen.

„Es lohnt sich nicht, und ich war gezwungen, das und noch viel mehr zu tun. Jetzt bleibt mir nur noch, alles für die Beerdigung Ihres Vaters zu arrangieren, und wenn Sie meinen, ich könnte später durch Verhandlungen mit einer Ölgesellschaft in die

Angelegenheit des Grundstücksverkaufs eingreifen, werde ich das von ganzem Herzen tun. Ich werde versuchen, zwei oder mehr Unternehmen zu konfrontieren, um das Land zu bestreiten, um einen höheren Preis dafür zu erzielen, und nachdem alles geklärt ist, werden Sie entscheiden, was zu tun ist.

„Wir werden es zu gegebener Zeit studieren, aber ich muss Sie auch etwas fragen: Was werden Sie tun?

Gleen war angespannt; eigentlich wusste ich es nicht.

„Nun, ich denke, ich muss mir einen Platz suchen, der es mir ermöglicht, mein Studium abzuschließen. Wenn ich sie nicht beenden würde, würde ich sie aufgeben, um ein neues Leben zu beginnen.

„Warum? Wenn es finanziell klappt, ist das kein Grund, dass mein Vater verschwunden ist, damit wir dich hängen lassen, wenn es am wenigsten fehlt.

„Danke, darüber können wir noch nicht reden, obwohl ich sicher bin, dass Sie das, was Sie einerseits verloren haben, andererseits gewinnen werden. Wichtig ist, was Sie danach tun. Sie sind allein und ich bin verpflichtet, die erhaltenen Gefälligkeiten zu erwidern und Ihnen so gut wie möglich zu helfen.

„Ich fürchte, das geht nicht, Gleen.

"Warum?

„Denn wenn wir das sofort verkaufen und hier nicht weitermachen können, gehen wir nach Texas und kaufen mit dem Geld eine weitere Ranch. Mein Vater wollte nur seine Weiden und sein Vieh verteidigen, ich muss seine Arbeit fortsetzen, wenn es hier nicht woanders ist. Außerdem kann ich unsere Männer nicht im Stich lassen, wenn sie so viel für uns enthüllt haben. Ich bringe sie weg, wir kaufen eine Ranch und wir werden sehen, wie er sich verteidigt. Ich vertraue zumindest James, der sachkundig und loyal ist.

„Ist es, aber warum die Besessenheit? Warum studieren Sie nicht den Vorschlag, den ich Ihnen gemacht habe? Wenn Sie aus der Trauer heraus sind, habe ich vielleicht meine Karriere beendet und eine gute Position in einem Unternehmen bekommen. Nun, diese Ranch, auf die Sie verzichten müssen, bindet Sie nicht.

„Um es gegen ein anderes auszutauschen, habe ich es Ihnen bereits gesagt. Alles wird so genau folgen, wie mein Vater es sich gewünscht hat, und ich werde seiner Inspiration folgen und außerdem werde ich mein Verständnis des Lebens und der Ehe nicht ändern. Wer mich liebt, wer mich heiraten will, muss dieser Familientradition so lange wie möglich folgen. Das ist eine unwiderrufliche

Entscheidung, Gleen, das habe ich dir schon gesagt, und es kann keinen Unterschied machen, dass mein Vater verschwunden ist oder wir woanders hin müssen.

Gleen, angespannt, murmelte:

„Aber Virginia, ist dir nicht klar, dass ich dir mit meiner Karriere etwas von mir bieten kann und sonst nirgendwo tot umfallen kann? Das Unglück hat mich auf Kosten meiner Verwandten leben lassen, und wenn ich sie im Leben gebrauchen soll, habe ich es deinem Vater zu verdanken. Kann ich meine Karriere beenden, um Ihnen was zu bieten? Ist es nicht genug, dass ich genossen habe, was mir nicht gehört? Ist dir nicht klar, dass dich von ganzem Herzen zu lieben, der Untergang mich an Händen und Füßen fesselt? Das Mindeste wäre, mein Studium zu verlassen und mich etwas anderem zu widmen, und du verlangst dasselbe; Außerdem bin ich ein armer Student.

Virginia antwortete angespannt:

„Ich kaufe keine Ehemänner, Gleen. Mein Herz hat nur einen geraden Weg, und um ihn zu erreichen, braucht es nur Liebe und kein Geld.

Gleen versteifte sich und starrte von dort aus auf die fantastische Landschaft. Die riesige Feuerfontäne hüpfte weiter wie etwas Höllisches, markierte die Landschaft mit ihrem Gleichnis vom Feuer, die Feuer durch das Land, wurden schwächer, als Gras und Stacheln verzehrt wurden und nervöse Wesen wie Geister sich in der Ferne um die verbrannten Orte bewegten, auf der Suche nach ihren Eigenschaften.

Alles hatte sich verändert, und obwohl die Verluste im Moment beträchtlich waren, würde Öl das Wunder des Wiederauflebens vollbringen.

Gleen wandte sich an Virginia und fragte heiser:

"Virginia …, wenn ich …, ich habe auf alles verzichtet …, ja …, ich habe mich deinem Verlangen hingegeben und werde … Weg, den du eingeschlagen hast.., würdest du nicht denken, dass ich es aus Egoismus tue und nicht aus Zuneigung zu dir?

 Sie antwortete einfach:

„Wenn ich das gedacht hätte, hätte ich dich vom ersten Versuch an abgelehnt, aber siehst du, das tue ich nicht.

Beide klatschten vor Emotionen die Hände, während sich ihre Augen mit Freudentränen füllten.

ENDE